二条為氏と為世

Nijo Tameuji & Tameyo

日比野浩信

コレクション日本歌人選029
Collected Works of Japanese Poets

笠間書院

『二条為氏《ためうじ》と為世《ためよ》』

——

目次

凡　例

一、本書には、鎌倉時代の歌人二条為氏の歌二十二首と、その息二条為世の歌を二十首載せた。

一、本書では、古典和歌に親しんでもらうために、さほどの予備知識がなくても鑑賞できるよう、平明に解説することに重点をおいている。

一、本書は、次の項目からなる。「作品本文」「出典」「口語訳（大意）」「鑑賞」「脚注」・「略伝」「略年譜」「筆者解説」「読書案内」「付録エッセイ」。

一、作品本文と歌番号は、主として『新編国歌大観』に、『増鏡』は講談社学術文庫『増鏡』に拠り、適宜漢字をあてて読みやすくした。

一、解説中に引用した子規の『再び歌よみに与ふる書』の振り仮名は、必ずしも原文通りではない。

一、鑑賞は、一首につき見開き二ページをあてたが、作品によっては特に四ページを当てたものがある。

二条為氏と為世

01

人問《と》はば見ずとや言はむ玉津島《たまつしま》かすむ入り江の春のあけぼの

【出典】続後撰和歌集・春上・四一

人が尋ねたら、「見ていません」とでも答えようか。玉津島が霞んで見えるこの入り江の春のあけぼのの美しい情景を。

為氏にとって、『続後撰集《*しょくごせん》』に六首が入集《にっしゅう》したことが、勅撰集初出で、その中でも一番初めにあるのがこの歌。いうなれば為氏の勅撰集デビュー作ともいえる歌である。

詞書《ことばがき》にもあるように「江上の春望《こうじょうのしゅんぼう》」という題で詠まれたもので、これは、海辺の春の情景といった程度に考えてもらってよいだろう。いわゆる題《だい》詠《えい》であり、実景ではない。

【詞書】建長二年詩歌を合わせられ侍りける時、江上春望。

【語釈】○玉津島―和歌山県和歌の浦にある名所歌枕。和歌三神の一人である玉津島姫を祀り、歌人の聖地として尊崇された。

中世の和歌を読む上で、この「題詠」は避けて通れない概念である。特定の題を与えられたり、決めたりして、その題に応じて和歌を詠《よ》むことであり、必ずしも実体験ではない。男性でも女性でも、僧侶でも、本人が恋をしているかどうかなどとは無関係に恋の歌でも詠む。実際の風景を見ていなくても、その風景を目にした感動を詠んでみせる。現代の作家が、恋愛をしていなくても恋愛小説を書き、探偵ではなくても推理小説を書くのと同じである。要は、まず「いかにも」「らしさ」こそが大切であり、他者に共感を与えればよいわけである。それをどのように表現してみせるか、三十一文字《みそひともじ》に託してみせるかが、歌人にとっての腕の見せ所だった。

為氏は春のなかでも「あけぼの」の時間帯を選んだ。*清少納言の『*枕草子』の冒頭、

春は曙《あけぼの》。やうやう白くなりゆく山際《やまぎは》、少し明《あか》りて、紫だちたる雲の細くたなびきたる。

でも強く印象付けられているが、春の情景としては最も趣《おもむき》深いとされている時間帯。ただし、ここには花々が咲き誇っているわけでも、若草の鮮《あざ》やかな緑が目に映《は》えているわけでもない。視覚的に明るい美しさなどは展開してい

*続後撰集―建長三年（一二五一）に、為氏の父・為家によって撰進された十番目の勅撰和歌集。下命者は後嵯峨天皇。

*清少納言―平安中期の女流歌人。一条天皇の中宮定子《ていし》に仕えた。

*枕草子―随筆。類聚的章段、日記回想的章段、随想的章段など約三百の章段からなる。

ないのである。それでも、霞《かす》んで見えるのはいかにも春らしく、またいかにも水辺らしい情景であり、その霞の中、ぼんやりと*玉津島《たまつしま》の島影が眺められる。今まさに夜が白々《しらじら》と明け始めた頃、朝霞の中で島影《しまかげ》が朧《おぼろ》げに浮かんでいる。そんな情景の中に立った時、現代のわれわれであっても、思わず「ああ」と感嘆の声を漏《も》らしてしまうのではなかろうか。

ところで、この情景を眺めての感嘆はそれとして、初句《しょく》・二句《にく》で、人に聞かれたらその情景を「見ていない」と言おうというのは、一体どういうことなのであろうか。眼前には、確かに島影が見えているはずで、何となく「あの辺《あた》りに玉津島があるはずだ」というわけではなかろう。

実は、この点に関して、為氏の父*為家《ためいえ》は「見ず」の部分を「見つ」、すなわち「見た」というように改変させようとしたという*エピソードが伝わっている。それでも為氏は「見ず」にこだわった。『続《しょく》後撰集』に「見ず」として入集しているうえは、為氏の意見が通り、父為家が認めたに他ならないわけであるが。見たものを見ていないという逆説的な表現をすることによって、為氏は目に見えることだけではなく、心で感じたことをこそ伝えたかったのではないだろうか。

＊玉津島―語釈参照。和歌浦にあった小島で、現存は陸続きになっている。玉津島神社がある。

＊為家―為氏の父、定家の子。続後撰集・続古今集の撰者（一一九八―一二七五）。

＊エピソード―正徹《しょうてつ》（一三八一―一四五九）の歌論書正徹物語による。ただし、頓阿《とんな》（一二八九―一三七二）の井蛙抄《せいあしょう》では、当初「見つ」とあったものを、為家の勧めで「見ず」に改めたものとしている。

見たままを伝えようとすると、その受け止め方が画一《かくいつ》的になってしまう。例えば、写真や画像を思い浮かべてみるといい。ただ、美術的・芸術的な目的がある場合は、実物以上にその素晴らしさを表現することが目的であるから、除外しておく。よく「百聞《ひゃくぶん》は一見《いっけん》にしかず」というが、一般的には、それら画像を目にすることで、実物ではないはずの、その写真の情景だけが目に焼きついてしまう。こういうものかと、わかったつもりになってしまう。

ところが、「いやあ、きれいだったなあ。空がすうっと晴れて、裾野《すその》が、こう、さあっと広がっててね、山頂が薄っすらと、雪かなあ、白っぽく見えてね……」などとやられると、どうだろう。いやでも想像をかき立てられて、自分の中で、理想的な美を作り上げてゆく。

つまるところ、真の美とは目で見るものではなく、心で感じるものなのである。いかにも春の海辺らしい情景を連ねることで、各々が思い浮かべる「心の風景」が展開する。そこに細かな説明は必要ない。各々が美を感じることで、語り尽くすことのできない美が共有される。

実景であろうがなかろうが、感性の共有、このことは和歌を味わう上で見過ごしてはならない、作者との「語《かた》らい」なのである。

02

乙女子《をとめご》がかざしの桜咲きにけり袖振山《そでふる》にかかる白雲

【出典】続後撰和歌集・春中・七〇

乙女たちが髪飾りにする桜の花が咲いたよ。その乙女たちが袖を振る、その「そでふる」ではないが袖振山《そでふるやま》にかかる白雲のように。

【詞書】花の歌の中に。

【語釈】○袖振山—奈良県吉野郡の吉野山の西にある山。「振る」に地名の「布留」を掛ける。天武天皇が琴を弾ずると、雲の中から天女が舞い降り、袖を五度翻《ひるがえ》したという。

「花の歌の中に」という詞書を伴うこの歌の主眼は、やはり花にある。現代でも花見といえば桜の花を見る名目で酒盛りをするのが通例であるが、古典においても花といえば、特に断りのない限り桜の花を指す。ただ、現代は桜といえばソメイヨシノ一辺倒で、薄いピンク色であるが、これは江戸末期以降の話。古くは山桜の白い花びらの色が、桜の色として主流であった。

遠目に咲いている桜の花は、その白い色ゆえに、白雪や白雲のような白いものに見立てられた。この「*見立《みた》ての技法」は『*古今集』以来の和歌の伝統的技法のひとつである。今、そんな白雲のように桜が咲き誇っている山の名は、大和国《やまとのくに》にある袖振《そでふる》山。その袖振山にかかる白雲のように、白い山桜が咲いているというのである。

「かざし」とは髪飾りのことで「かんざし」に同じ。髪に挿《さ》すことから、かみさし、かんざし、かざしとなった。乙女子《おとめご》たちの豊かな黒髪が、春の到来によって咲いた桜の花で飾られている。乙女子は、伝説に基づいて天女ともとらえられるが、単に少女ととらえてもよかろう。暖かで躍動感のある春の到来を象徴するのは、若い女性が相応《ふさわ》しい。春の女神か、花の妖精か、若く朗《おお》らかで美しい女性たち。神女《しんにょ》が舞《まい》でも舞っているのか、それとも、少女たちの潑剌《はつらつ》とした戯《たわむ》れであろうか、桜の花を髪飾りとして袖を振る。その「袖振る」が、件《くだん》の袖振山の「袖振」と同音の掛詞《かけことば》になっている。

さらに、この歌は『*拾遺集』の*柿本人麻呂の歌を本歌《ほんか》としており、いわゆる「本歌取り」の技法が用いられている。

技巧を凝《こ》らしただけではなく、風景としても、また気分的にも春を感じさせてくれるこの歌が、模範的な歌として評されているのもうなずけよう。

*見立て—あるものを、別のものになぞらえる、和歌の技法の一つ。

*古今集—紀貫之らによって撰進された、我が国最初の勅撰和歌集。撰集下命者は醍醐天皇。

*拾遺集—寛弘三年（一〇〇六）頃、藤原公任《きんとう》（九六六—一〇四一）の拾遺抄を増補して成った三番目の勅撰和歌集。花山《かざん》院（九六八—一〇〇八）の親撰《しんせん》かとされるが諸説ある。

*柿本人麻呂の歌—「乙女子が袖ふる山の瑞垣《みずがき》の久しき世より思ひそめてき」（巻十九・雑恋・一二一〇）。乙女が袖を振る袖布留山の玉垣のように、遠い昔から恋い慕ってきたことよ。

03

春の夜の霞の間《ま》より山の端《は》をほのかに見せて出づる月影

【出典】続拾遺和歌集・春下・一二九

―春の夜の霞が立ちこめるその間から山の稜線《りようせん》をほのかに輝き見せながら出てくる月の光よ。―

この歌は、『*続拾遺集《しよくしゆうい》』に採られている歌の一つ、つまり、為氏が撰《えら》んだ為氏自身の歌、自撰歌《じせんか》である。しかも、勅撰集に入集させているのであるから、自信作だったはずであり、いわゆる自讃歌《じさんか》ともいうべきものである。

この歌、わずかな言葉の知識がありさえすれば、現代語訳などは、全く必要あるまい。「山の端《は》」は「山際《ぎわ》」と誤りやすい。文字通り山の端《はし》で、山そのものの、空との境目《さかいめ》。「山際」は、「窓際」が窓のすぐ近くを指して窓その

【詞書】弘長三年内裏百首歌たてまつりし時、春月を。

*続拾遺集―弘安元年(一二七八)、為氏によって撰進された第十二番目の勅撰和歌集。下命者は亀山《かめやま》上皇。

ものではないように、山そのものではなく、山のすぐ近くの空の部分である。また「月影」は現代でいう「影」ではなく、影を作り出すものすなわち「光」である。キャンプで歌う『星影さやかに』や、少し古いが千昌夫の『星影のワルツ』も同じである。星の「影」がさやかであるはずはない。

あとはその情景を想像しながらゆっくりと読み味わえばいい。

いかにも春の夜らしく、春霞が立ち、東の空から月が昇ってくる。秋の名月のような煌々《こうこう》とした光ではない。霞のフィルターが掛けられた、朧月《おぼろづき》である。月の光が届かないところは暗く、光の及ぶ範囲が、ほの明るい。そのやわらかい月の光が、やわらかく山の稜線を映し出す。全体的にぼんやりとした光のグラデーション。どこからが光でどこからが影なのか、どこからが山でどこからが空なのか。月が昇りきってしまえば、山の稜線もいつの間にか闇に包まれてゆく。一部が全体の中に溶け込み、全体の風景が一部によって象徴される。そこに境目はなく、いかにも深遠《しんえん》である。

和歌が難しいもの、古典は難解なものと思い込んでいる方々には、こんな歌もあることを知ってもらいたい。ゲームなどと同様に、ある程度のルールを知ってしまえば、後はその応用に過ぎないのだから。

04

数《かぞ》ふれば春はいく日《か》もなかりけりあだなる花の移りやすさは

【出典】続後拾遺和歌集・春下・一五二

数えてみると、春は、もう何日も残ってはいない。あれほど待ち望んでいたのに、はかない花の色の何とうつろいやすいことよ。

あれほど待ち焦がれた春が、既に過ぎようとしている。春を彩《いろど》った花は、いつの間にか色あせてしまった。今になって、春があと何日も残されていないことに、ふと気付いたのである。はかなく移ろいやすい*花の色。

春の花というと桜を思い浮かべやすいが、この「花」は、色の「移りやすさ」とあるところからすると、桜の花ではないかもしれない。前後の歌からすると藤やその他の花かもしれない。

【詞書】題知らず。

*移ろいやすい花の色―「花の色はうつりにけりないたづらに我が身よにふる眺めせしまに」（古今集・春下）という小野小町の歌が有名。花の色は色あせてしまったよ。長雨が続いている

夏休みも終わりに近づいたある日、何かのきっかけで「あっ、もう何日過ぎた」「あと、何日しかない」などと気づいて、慌てたことはないだろうか。若くはない人たちも、やはり何かのきっかけで、「改めて数えてみると、もうこんなに年が経《た》ってしまった」「私はあとどれくらい生きられるだろうか」などと、感慨にふけることがある。時の移ろい*は、過ぎてしまってからしみじみと感じられるものである。

古《いにしえ》の人々は、現代に比べればのんびりした、ゆっくりとした時間を過ごしていたのかもしれない。その中で、季節の移ろいを目で見、耳で聞き、肌で感じていた。しかも、今のように情報過多の時代と違って、その一つ一つが自分の生活そのものと密接に関わっていたのであり、他の人々と共有できるものでもあった。一日の変化の積み重ねが、季節の移り変わりであり、季節の移り変わりが年月の重なり、歳月の重なりが人生そのものである。渦中においてはその変化に気づきにくい。終盤に近づいて、はっとする。過ぎ去ったこれまでがしみじみと思い起こされ、残された時間に思いを馳《は》せることになるのである。

良い時は、長く続くものではないのかもしれない。

*時の移ろい—古来、時の移ろいを詠んだ歌は多い。たとえば、「濡れつつぞしひて折りつる年の内に春は幾《いく》日《か》もあらじと思へば」(古今集・春下・在原業平)は、今年の春はあと何日も残っていないと思うからこそ、敢えて雨に濡れてまでも花を手折って、春のうちにあなたに届けたいのですとうたっている。

間に。同じように、私の容貌もあせてしまったよ。意味もなく物思いにふけって年月を過ごしているうちにというような意味。

05

月だにも心つくさぬ山の端《は》に待つ宵《よひ》過ぐるほととぎすかな

【出典】玉葉和歌集・夏・三二一

月でさえも、私をいらいらとさせないで早くも山の端に出てきた。本当はその山で鳴き声を聞きたいのに、夜を待ち過ごさせるほととぎすだよ。

【詞書】夏歌の中に郭公《ほととぎす》。

月を待つ。月をめでることは、古《いにしえ》の人々にとって日常的な出来事である。新月から始まり、三日月、望月《もちづき》（満月）、十六夜《いざよい》の月と言うのは、よく知られたところ。段々と月の出が遅くなり、人々は月の出を「待つ」ようになる。十七夜は立待《たちま》ち月、立って待つ。十八夜は居待《いま》ち月、坐《すわ》って待っている。それが十九夜ともなると寝待《ねま》ち月。もっと遅くなって下旬頃には、夜が明けてからもなお空に月が残っている有明の月。月に与えられた名称が、月の出を

「待つ」ことがいかに人々の生活の中に根付いていたかを物語っていよう。

何事においても、待つ身はつらいものである。しかし、この度は、その月でさえも、私をいらいらと待ち焦《こ》がれさせるものではなかった。もっと私を待たせるものがあったのである。それがほととぎすの鳴き声。ほととぎすは、夏の到来を告げる鳥。初夏、その鳴き声を聞くことで、誰よりも早く、自分の耳で聞くことで夏を実感したい。「夏ですわね。わたくし、もうほととぎすを聞きましたわよ」とネタにできるステータス。何事も初物《はつもの》に意義がある。その夏初めての一声、*初音《はつね》が大事なのである。今に鳴くか、今に鳴くかと思って待っているうちに、夜更けまでもが過ぎてしまった、「早く鳴いてよ」とでも言いたげである。

ところで、月の出は、風雅であるとともに、恋愛の象徴でもあった。夜になって、恋人達の時間がやってくる。女は、男が自分の許《もと》に訪ねて来てくれるのを、今か今かと待ち焦がれているのである。この歌は夏の歌であり、恋人の到来と月の出とを、直接に関連付ける必要はあるまい。しかし、その裏では、「今夜、とうとうあなたは声を聞かせてくれませんでしたわね」という、女の、男に対する恨み言までもが聞こえてきそうである。

＊初音—為氏の歌にも初音をうたったものがある。「つひに聞くものゆゑなどてほととぎすまづ急がるる初音なるらむ」（いずれ聞くことになるのだからどうして鳴いてくれないの、ほととぎすよ。ともかく、早く初鳴きの声が聞きたいのだよ）などとある。

06

牡鹿《をじか》待つ猟男《さつを》の火串《ほぐし》ほのみえてよそに明けゆく端山《はやま》しげ山

【出典】風雅和歌集・夏・三七三

雄鹿がやってくるのを待つ猟師の手にしている火串《ほぐし》がほのかに見えている。まあ、それはそれとして、夜が明けてゆく、人里近い生い茂った山々よ。

【詞書】弘安百首歌たてまつりける時。

【語釈】○猟男―猟師。○しげ山―繁山の樹木の生いしげった奥山。

夏の夜、闇の中で息を潜《ひそ》めた猟師が、弓矢をつがえて鹿がやって来るのを待ち構えている。少し離れた獣道には、火串《ほぐし》に挟んだ松明《たいまつ》が灯《とも》されている。その松明の火の明かりにひき寄せられて、一頭の鹿が姿を現した。そこを狙って射《い》る。あるいは、その火の光を反射して、暗闇の中で鹿の目が光る。それを目標として狙って射るともいう。いずれにせよ、「照射《ともし》」という鹿狩りの猟法である。夏の風物詩の一つで、*よく和歌にも詠まれている。

*よく和歌にも詠まれている

ちなみに鹿はシシともいう。庭園に置かれた「鹿嚇《ししおど》し」を思い浮かべればわかるはず。もともとシシは「四肢《しし》」、すなわち四足の動物をいったものであろう。その代表格が、鹿と猪。鹿は、その立ち姿が発見しやすく、「あれ」として示しやすいためであろう「かのしし」といい、もう一方は、低い位置で伏している、座っているようであるから「ゐのしし」という。

さて、向こうの山のほうに、明かりがちらちらと見えている。夜の闇の中、山中での光は、存外離れた場所にまで届くものだ。遠くにその明かりを眺めながら、「ああ、あれは猟師が照射《ともし》をしている火串の明かりだろう」と、夏を目で見て感じる。明かりが見えるということは、まだ獲物を得ていないのであろう。遠景での、自分とは離れた世界観の中にみる夏。

別の方角に目を転じる。東の方角であろう。すぐ近くに山がある。奥山、深山に対して、人里に近い山が端山《はやま》。段々と白んでいく中で、山影が姿を現してくる。やはり夏であるので、樹木が生い茂っている。今、まさに夜が明けていこうとしている。猟師の火串とは別の明るさである。近景での身近で日常的な夏。

二つの世界観を混在させて、夏の夜の短さを実感するのである。

—院政期以後に特に多く、例えば「沢水に火串のかげの映れるをふたともしとや鹿は見るらん」（金葉集・夏・源仲正）など。

07

今よりの衣《ころも》雁《かり》がね秋風に誰《た》が夜寒《よさむ》とか鳴きて来《き》ぬらむ

【出典】続拾遺和歌集・秋上・二六六

これからの寒さのために衣を借りようかと思って躊躇《ちゅうちょ》していると、秋風の中「誰が夜寒を嘆いているのか」と鳴きながら雁がやってきたようだ。

【詞書】弘長元年百首歌たてまつりし時、同じ心（初雁）を。

【語釈】○雁がね—雁の鳴き声からきた言葉で、雁そのものを指す。「借り兼ね」を掛けている。

『枕草子』*の第一段では、それぞれの季節における、清少納言の発見した「良さ」が連ねられているが、「秋*は夕暮れ」の中で、まず取り上げられたのはカラスであった。一般にカラスといえば、真っ黒なあの姿と人の悲鳴にも似た搾《しぼ》り出すような不気味な鳴き声。風流などとはほど遠い存在のはずである。そんなカラスでさえも、秋の夕暮れの風景の中では、趣《おもむき》深くみえるというのである。そのカラスとの比較において、「まいて雁《かり》などの連《つら》ねたるが

＊枕草子—01に既出。

……」という一節がさらりと言い流される。雁の群れが列を作って飛ぶ様《さま》は、いうまでもなく、風雅なものであった。雁の到来は、風流でありながらも、感傷的な秋の到来でもある。その物悲しげな鳴き声もまた、より一層、*サンチマンタリスムをかきたてる。

さて、夏が過ぎて秋になれば、徐々に肌寒さを感じ始める。特に夜は冷える。人々はその肌寒さを凌《しの》ぐために、防寒のための衣を準備せねばならない。誰かに衣を借りたいと思いながら、「借り兼ね」すなわち、借りられずにいるのである。この「借り兼ね」は当然、「雁がね」との掛詞《かけことば》である。衣を借り兼ねているところへ雁がねが、と繋《つな》がっていく。雁が秋風の中、鳴いている。鳴いているとはいっても、単に鳥の鳴き声としてではない。自然の発する音は、人の心のありようによって、様々《さまざま》に聞こえる。衣を借りられず、その肌寒さを防ぎきれずにいるその耳には、「いったい誰が夜寒なのですか」と尋ねてくれているかのように聞こえるというのである。

「来《き》ぬ」は「着ぬ」に通じる。雁自身は羽毛にまとわれて寒くなどなかろう。「私は衣を借り兼ねているに、あの雁がねったら、人の気も知らないで」とでも言いたげである。

*秋は夕暮れ―「秋は夕暮れ。夕日のさして山の端いと近うなりたるに、からすの寝所へ行くとて、三つ四つ、二つ三つなど飛び急ぐさへあはれなり。まいて雁などの連ねたるが、いと小さく見ゆるはいとをかし。日入り果てて、風の音《ね》、虫の音など、はたいふべきにあらず。」

*サンチマンタリスム―英語ではセンチメンタリズム。

08

常盤《ときは》山変はる梢《こずゑ》は見えねども月こそ秋の色に出《い》でけれ

【出典】風雅和歌集・秋中・六二四

常盤山は、その名のとおり、まだ葉の色が変わった梢は見えないけれど、月はいかにも秋らしい色をして山の向こうに出てきたことだ。

【詞書】宝治百首歌に、山月を。

樹木は大きく落葉樹と常緑樹とに分けられる。いうまでもなく落葉樹は秋になると葉の色が変わり、葉が落ち、冬枯れする。一方、常緑樹は文字通り、一年を通じて緑の葉を保つ。冬枯れしないところから、変わらない、生き続けるものとみられ、めでたいもの、ひいては長寿の象徴とされた。常《とこしえ》に葉があることから、「常葉《とこは》」「常盤《ときは》」と言われる。

この歌の舞台は常盤山。常盤山は山城国*の歌枕《うたまくら》。歌枕と言うのは、広く

*山城国—現在の京都府南部。

は和歌で用いられることば、いわゆる「歌ことば」を言う場合もあるが、一般には、和歌に詠み込まれる地名を表す。ただ、単にその地名を詠み込めばよいというわけではない。その地名に付随するイメージが大切にされた。例えば富士山は、その雄大で美しいというイメージはもちろんのこと。ただ、それ以外にも「ふし」という音から「不死」すなわち、死なないというイメージがある。「音無川《おとなしがわ》」などは「音信が無い」などとイメージする。

常盤山は、常葉であり、秋になっても紅葉せず、常に緑の葉が保たれている、そんなイメージをもって和歌に詠み込まれる。

さて、ここ常盤山では、「ときは」だけに、秋になっても木々が紅葉していない。秋といえば紅葉、紅葉といえば秋というくらいに秋色の代表格ともいうべき紅葉が、この常盤の山では見当たらないというわけである。しかし、秋は確実に訪れている。夜になり、空に月が昇る。この月は、夏の夜に目にした月とは、明らかに違う。いかにも秋らしい色、いい月なのである。あ あ、やっぱり秋なんだあ、という思いが伝わってくる。

同趣《どうしゅ》の歌も少なからず見られる。機会を得て探してみてはどうだろうか。

＊音無川―紀伊国（現在の和歌山県）の歌枕。熊野川に合流する。

＊同趣の歌―例えば「さめかぬる常盤の森の梢より月こそ秋の色はみえけれ」（玉葉集・秋歌下・忠定）などである。

09

秋ごとになぐさめ難《がた》き月ぞとは馴《な》れても知るや姥捨《うばすて》の山

【出典】続後撰和歌集・秋中・三六〇

秋になると、やはり心を慰め難い月であるということを、毎年見て馴染んではいるはずなのに思い知る、そんな姥捨《うばすて》山に掛かる月であるよ。

【詞書】九月十三夜十首歌合に、名所月。

＊姥捨伝説―棄老《きろう》伝説ともいう。日本の各地に残っているが、信州更級山の話が特に有名。

「姥捨伝説《＊うばすてでんせつ》」をご存知だろうか。年老いた親を山に捨てに行くという、おぞましい風習があったことは、昔話などにも残っている。かつての貧しい山村部では、それに類する話が作られ、伝えられる要因にもうなずけるところがあり、豊かな時代に生まれ得たことは感謝に堪えない。近年では、映画にもなり、カンヌ国際映画祭でグランプリを受賞した深沢七郎の『楢山節考《ならやまぶしこう》』なども、やはり「姥捨」を題材としている。西洋人にも理解されたということとであろう。

昔話などでは、無情な殿様の命令ということになっていたり、捨てられにいく途中の老親が、息子が帰り道に迷わぬようにと、小枝を折って道しるべを作ってくれたり、密《ひそ》かに匿《かくま》われている老親が、隣国からの無理難題を解くことで国の窮地を救ったりと、様々な要素が加わってバリエーションが増えているが、その中心は「姥捨」であることにはかわりない。最も古いと思われる『*大和物語《やまとものがたり》』第一五六段から簡単に紹介しておこう。

*信濃国の更級《さらしな》に、両親を亡くし、姥に育てられた男がいたが、その男の妻は、この姑《しゅうとめ》が邪魔くさくて仕方がない。「山奥に捨ててきてよ」と責め立てる。これに負けた男は、明るい月夜に、「お寺でありがたい行事があるから」と偽《いつわ》って、姥を負《お》ぶって連れ出し、山奥に置いて逃げ帰ってしまった。しかし、そこは長年親代わりに育ててくれた姥のこと、悲しくてしようがない。寝られもしない。再び山へ行き、姥を連れ戻したという。

その時に詠んだ歌が、『*古今集』にも採られている次の歌である。


*我が心なぐさめかねつ更級や姨捨山《をばすてやま》に照る月を見て

本来ならば、明るく照る月が山にかかる美しい情景は、風雅であり愛《め》でる

*大和物語―平安中期の歌物語。百七十余段の歌話からなる。天暦《てんりゃく》頃（九四七―九五七）の成立。
*信濃国―今の長野県。
*古今集―02に既出。
*我が心なぐさめかねつ……―古今集・雑上・八七八・読人知らずの歌。

べき情景であることはいうまでもない。殊にこの信州の姨捨山*、山間部特有の棚田《たなだ》があり、その棚田一枚一枚に月が映りこむ様子から「田毎《たごと》の月」などとも呼ばれる月の名所である。しかし、今はその月を見ても、心慰められることなどない。長年生活を共にし、親代わりに慈《いつく》しみ育ててくれた年老いた姨。妻に責め立てられたとはいえ、その姨を、今、美しく月の照り映えているあの山に、自らの手で捨て置いてきてしまった。月が美しければ美しいほど、男の心は悲しみに堪えないのである。

姨捨山は、もともと冠着山《かむりきやま》という名前なのであるが、特にこの『古今集』の歌以降は、そのイメージを伴って、有名な歌枕として知られていったようである。

ここにあげた為氏の一首も、姨捨山という著名な歌枕と、その取り合わせの風物として付随する月を利用しているが、「なぐさめ」という詞《ことば》からも、単なるイメージのみならず、『古今集』の「我が心なぐさめかねつ」の歌を効果的に取り込んでいることは間違いない。このように、先行する著名な和歌を自分の詠む歌の中に取り入れるのは「本歌取《ほんかど》り」という技法である。もともと和歌は三十一音しかない。よく知られた歌の一部を取り込むことで、

*姨捨山—長野県千曲市と東筑摩郡の境にある山。冠《かむり》着《き》山ともいう。

「ああ、あの歌ね」と思わせれば、どうであろう。別の一首の持つ意味合いを既に取り込んでしまったわけであるから、残りの音数をより効率的に用いることができ、その世界観を広く、大きく表現することが可能になるのである。

秋は毎年やってくる。その度に月を愛《め》でる。ただ、歌枕・姥捨山にかかる月だけは別物である。確かに、山にかかる月という情景そのものは大変に美しく、情趣《じょうしゅ》深いものに違いない。しかし、他ならぬ姥捨山である。そこには、あの「姥捨山」の伝承と、その渦中の男が詠んだ、あの歌が思い起こされるのである。いつものこと、毎年のことであり、もう、馴《な》れたはずである。心慰め難い月であることは、わかっているはずである。しかし、やはり単に月の美しさを愛でるだけでは済まないのである。

名所の月の美しさと、伝承のもつ悲しいイメージとの融合。その相反する要素を逆手《さかて》に取ったことで、より一層美しく、より一層物悲しい。美しいほどに物悲しく、悲しいほどに美しい。

10 時雨《しぐれ》もて織るてふ秋の唐錦《からにしき》裁《た》ち重ねたる衣手《ころもで》の森

【出典】玉葉和歌集・秋下・七八八

時雨をもってして織り出すという秋の紅葉の唐錦を、何枚も裁ち重ねてあるような衣手の森であるよ。

秋も深まり、次第に冬が近づいてくる。その頃に降る冷たい雨が時雨。時雨が降ることで秋の深まりと、近付きつつある冬とを肌で感じる。それとともに、秋といえば紅葉である。朝夕の気温差、晴雨《せいう》の気温差が木々を一層色付かせる。時雨が降ると、「これでまた一段と紅葉が色付くのだなあ」と思うところから、「時雨もて織る」という表現になる。

色調の美しさを織物に喩《たと》えることもまた、常套手段《じょうとうしゅだん》の一つである。中で

【詞書】宝治百首歌中に杜紅葉《もりのもみぢ》。

【語釈】○織るてふ―「てふ」は「～といふ」の約で、チョーと読む。○唐錦―中国風の錦の織物。○衣手の森―三河国または山城国の歌枕。

もより美しいのが、中国舶来の織物・唐錦である。唐紙、唐紅《からくれない》などもそうであるが、舶来品*の鮮やかな美しさは、人々を魅了したことであろう。

以上を考え合わせると、この歌の中に詠まれた唐錦とは、秋の美しい紅葉を表わしているのは自明のこと。時雨が降るごとに美しく色付いていく紅葉を「時雨もて織る唐錦」と表現したわけである。

さて、ここで歌枕が登場する。衣手の森。諸説あり、これがどこにあった森であるのかは判然としない。三河国*とも山城国*ともいわれる。いずれにせよ、「衣手」という名称から、着物を連想させたことは疑いなく、その森の紅葉を錦に見立てた歌は少なくない。「錦」「裁つ」も「衣」に関連の深い言葉で、和歌における関連の深い言葉を「縁語《えんご》」という。

さらには、その唐錦が「裁ち重ね」られている。森全体が紅葉で色付いて、唐錦のように美しい、というだけではない。それは、さながら色鮮やかで美しい唐錦を幾重《いくえ》も幾重も重ねたようだ、というのである。平面的な色調ではなく、「裁ち重ね」ることで立体的な美を醸《かも》し出し、奥行きの深さ、幅広さが表現されている。一枚の絵画が、まるで3Dのように展開する。こうして読み手は、色調鮮やかな衣手の森の中に佇《たたず》むことになる。

*舶来品の鮮かな美しさ―百人一首の業平の歌「千早ふる神代もきかず竜田川唐紅に水くくるとは」も紅葉を唐錦にたとえたもの。

*三河国―現在の愛知県東部。

*山城国―08に既出。

11

暮れかかる夕べの空に雲さえて山の端《は》ばかりふれる白雪

【出典】玉葉和歌集・冬・九五九

日が暮れかかる夕方の空に、雲が冷ややかにかかっている。その雲によって今はまだ山の端だけに降り積もった白雪であるよ。

【詞書】冬歌とて。

原始、冬は死の季節であった。狩猟による獲物、採集による糧《かて》が得られない。やがて農耕・備蓄が進展し、生き延びることがしやすくなった。とはいえ、人々にとって、冬は厳しい季節であることに変わりはない。

冬の大気は澄んでいる。春の朧《おぼろ》な風景、夏のモヤとした雰囲気とは違った、凛《りん》とした清《さや》けさである。大気中の水分が蒸発し難《にく》いためといってしまえばそれまでであるが、その寒さの中、その澄んだ空気の中、美しい風景を発見、情趣を見出し得たのは、季節の移り変わりの明確な日本ならではのことであり、日本人の感性と精神性の豊かさを感じざるを得ない。

　ここではまだ、冬真っ盛りと言うわけではなさそうである。人里では、「最近、朝夕冷えるようになりましたな」という程度なのであろうか。夕暮れになり、日が落ちる頃になって、着実に冬がやってきていることを肌で感じる。だが、雪が降るほどではない。

　さて、一日が終わろうとしている。夕暮れは、夜に向かう混沌《こんとん》の時でもある。そのような中で目にした、いかにも冬らしい冷え冷えとした山上《さんじょう》の雲。夕日の光を受けて、冴《さ》え冴《ざ》えとしている。その冷たい美しさに目を引き付けられる。

　その冴え冴えとした冷ややかな雲が降らせたのであろうか、山では雪が降ったらしい。初雪だろうか。まだ山頂付近のみに降ったようであり、中腹以下には、その気配は無い。山頂に積もった雪が、夕日の照り返しを受け、より際立《きわだ》って見える。

　秋は終焉《しゅうえん》を迎えた。既に冬であることを、ふと実感させる。まもなく人里にも雪が降ることであろう。

12

さゆる夜《よ》の嵐《あらし》の風に降りそめて明くる雲間《くもま》に積もる白雪

【出典】続拾遺和歌集・冬・四三四

冷えこむ夜の激しい風に降り始めて、一夜が明けた晴れ間に降り積もった白雪よ。

【詞書】弘長元年百首歌たてまつりし時、冬。

深々《しんしん》と冷え込む冬の夜。風も強くなってきた。ああ、今夜は雪になりそうだ。夜も更《ふ》け、人々が寝静まる頃には、すっかり風も強くなり、まるで嵐のようである。雪も降り始めたらしい。ビュウビュウと吹き荒れる風が、家の戸口をカタカタと揺《ゆ》らす。

一夜が明けた。すっかり風は止んでいる。外には雲の切れ間から、朝の日の光がのぞいている。冬の朝の、刺すような冷たさを和《やわ》らげてくれる、かといって、暖かいわけでもない。晴れた冬の朝の風景。そこには、銀世界が展開している。昨夜の嵐とともに降り始めた雪が、降り積もって、あたり一面を白く染め上げたかのようである。朝日の照り返しがまぶしい。すがすがしいまぶしさが目にしみる。

有名な詩「*春暁《しゅんぎょう》」が思い起こされる。

春眠暁を覚えず　処処啼鳥《ていちょう》を聞く
夜来《やらい》風雨の声　花落つること知る多少

直接、この歌との関連があるわけではない。しかし、冬と春との季節の違いはあるものの、いずれも、嵐の一夜を不安な気持ちで過ごし、一夜が明けてみるとすがすがしい別世界。寝覚めを境として、全く異なる風景の中に身を置くことになる不思議な爽快感を歌い上げる。

因《ちな》みに、この「春暁」、*土岐善麿《ときぜんまろ》という近代の歌人が、次のように訳している。ついでに味わってみてほしい。

春あけぼののうすねむり　まくらにかよふ鳥の声
風まじりなる夜《よ》べのあめ　花ちりけんか庭もせに

＊春暁―「春眠不覚暁　処処聞啼鳥　夜来風雨声　花落知多少」。盛唐の詩人孟浩然《もうこうねん》（六八九―七四〇）の作。

＊土岐善麿―歌人・国文学者（一八八五―一九八〇）。

13

冬の夜《よ》は霜を重ねてかささぎの渡せる橋に氷る月影

【出典】続後拾遺和歌集・冬・四五二

冬の夜は幾重にも霜が重なって、鵲《かささぎ》が羽を連ねて渡すという橋に、氷ったように照る月の光よ。

【詞書】性助法親王家の五十首に。

【語釈】○かささぎの渡せる橋―鵲が羽を連ねて天の川に架ける橋。七夕伝説の一つ。もっともこの橋は宮中の御殿の階段《きざはし》を指すという説が江戸時代以降に生じた。

和歌の中に詠まれた動物や植物は、どのような使われ方で詠まれているのだろうか。

その姿形の形状や色などの詳細を詠み込む場合もある。現代のわれわれとは違って、自然が身近であった分、つぶさに観察された結果であろう。しかし、たとえば、ほととぎすのように、鳴き声など、特色の一部さえわかっていればよいこともある。さらに、現実としてはどのようなものかよく分からないままに、伝説・空想上の知識が必要な場合もある。

これらはすべて、和歌における共通認識であり、言語認識である。

このような言い方をすると分かりにくいかもしれないが、要するに「約束ごと」といえばよかろう。和歌に限らず文芸は、人に伝えてわかってもらうことが必要であり、目的でもある。内容的には、自分だけが見出した特殊な感性であることもあろう。しかし、余りに他人とかけ離れた感性は、理解してもらえない。また、誰しもが共感できる内容であっても、それを伝える手段が特殊に過ぎた場合、結果的に共感は与えられない。自分だけが知っている内容でも、誰にでも分かる言葉や表現を使っていれば、他の人にも伝えられる。誰にもわかってもらえない場合には、誰にでも分かる手段で「誰にもわかってもらえないこと」を伝えることを目的とする。

このためには、まず、言語認識が必要である。極端にいえば、日本語しか分からない人に、アラブ語やハナモゲラ語*で伝えても分かってもらえるはずが無い、といえば、簡単であろう。書かれたものについていえば、文字もまた同じ。最近「り」と「い」の区別の付かないような文字を見かけるが、誰にでも読める文字でなくてはならない。読めない文字は伝わらない、あるい

＊ハナモゲラ語―いうまでもないが、このような言語はない。

は誤解を生む。

和歌に限らず文芸は、人に分かってもらえるように作られたものである。文字が読めて、その言葉の意味がわかったら、高校で「古典常識」とされるような知識を少し身につけるだけで、『源氏物語』*でも『古今集』*でも、身の丈《たけ》に見合った味わい方ができるはずである。

この歌の場合、かささぎという鳥の細かな形状まで実見する必要はない。ただし、共通の認識として、次のような予備知識があったほうがよい。

夜空にかかる天の川。この天の川に、かささぎという鳥は、羽を並べ連ねて橋を掛けるのだという。これを「かささぎの橋」という。羽を寄せ合って掛けられた橋であるために「かささぎの寄羽《よりば》の橋」ともいう。天の川に掛かる橋であることから、七月七日、織姫《おりひめ》がこの橋を渡って牽牛《けんぎゅう》に会いに行くともされる。もちろん想像ではあるが、七夕を扱った絵本などでも、この様子を描こうとしているものもある。ここから、男女の仲の橋渡しを意味することもある。

もう一点、『百人一首』*にも採られている、
かささぎの渡せる橋に置く霜の白きを見れば夜ぞ更けにける*

＊源氏物語—光源氏の生涯を中心に描いた平安中期の長編物語。五十四帖。作者は紫式部。
＊古今集—紀友則、紀貫之らによる最初の勅撰和歌集。
＊百人一首—鎌倉初期の歌人、藤原定家（一一六二—一二四一）に

『万葉集』の編者とされる*大伴家持《おおとものやかもち》の有名な歌で、為氏の歌は、これを本《ほん》歌《か》としている。およそ鎌倉時代の歌人ならば、誰でもこの歌を知っていた。真っ白に降《お》りた霜を見て、冬の夜更けをイメージするのである。

さて、これで、この歌の第四句までを理解する準備が整った。冬の夜更けに幾重にも霜が降り積もるこの橋は、羽を重ねて掛けたられたかささぎの橋である。霜の重なりを、羽の重なりに関連付けているところが、面白い。ただ、これだけでは内容的に家持の歌を越える部分は全くない。為氏は第五句「氷る月影」で、オリジナリティーを出してみせた。冬の冴え冴えとした月の光。次の詩は*李白《りはく》の「*静夜思」。

牀前《しょうぜん》月光を看《み》る　疑ふらくは是《これ》地上の霜かと
頭《かうべ》を挙げて山月を望み　頭を低《た》れて故郷を思ふ

地表を照らす月光は、白く冴えかえり、凍《い》てつくような冷たさを感じさせる。為氏のこの歌では、家持の歌でよく知られたような、冬の夜更けの真っ白な霜を、より一層寒々とした、凍《い》てつく氷のような冷たさにまで増強させている。のみならず、その冴えわたった月光は明るければ明るいほど、冷たく、そして美しい。

よって撰ばれた秀歌撰。百人の歌人、各一首を撰出する。

*かささぎの渡せる…—かささぎが羽を連ねて渡した橋に置いた霜が白いのを見ると、夜が更けたのだなあというほどの意味。

*大伴家持—奈良時代の歌人（七一七？—七八五）。

*李白—盛唐の詩人（七〇一—七六二）。

*静夜思—「牀前看月光　疑是地上霜　挙頭望山月　低頭思故郷」。寝床の前に差し込んだ月の明かり。それはまるで地上に降りた霜のようである。頭を持ち上げて山にかかる月を見、頭を垂れて故郷のことを思う。

14

君がすむ同じ雲居《くもゐ》の月なれば空にかはらぬ万代《よろづよ》の影

【出典】続拾遺和歌集・賀・七三八

あなた様がお住まいになる宮中と天空にかかる月ですので、あなた様のご威光も天空の日の光と同じように、万代にも続くことでしょう。

【詞書】弘長三年九月十三夜内裏十首たてまつりし時、月前祝。

詞書にある弘長《こうちょう》三年は、西暦一二六三年。この時の天皇は亀山天皇である。宮中で行われた歌会で、月とめでたい祝いの気持ちとを関連させて詠まれた歌である。当然、天皇を寿《ことほ》ぐ歌も詠まれることになる。

この歌では、天皇の住まわれる宮中のほうを基準としてとらえている。天皇が月と同じく天に住まわれるのではなく、天皇がおいでになる宮中に、天皇と同じように存在している月を詠むのである。ここでの「すむ」は宮中に天皇が「住む」と、月の光が「澄む」との掛詞。その月はいうまでもなく天空に掛かる月であり、太古《たいこ》の昔からずっと変わらず夜空を照らし続け、これからも変わらないだろう。今度は、天皇のほうが、この月と同様、これから先、ずっと変わらぬ威光を放ち続けるであろう、というわけである。

余談ではあるが、叙勲《じょくん》を受けたある人から聞いた話をご披露しよう。この人は天皇がどうの、などとは深く考えたことはなかったという。しかし、受勲に際しての式典において、間近《まぢか》で天皇の姿を拝見し、背筋の伸びる思いがしたという。すぐ前を天皇がお通りになったと、興奮気味に聞かせてくれた。また、ある高校生から聞いた話。天皇の地方行幸《ぎょうこう》の際、天皇出席の式典で、その高校の吹奏楽部《すいそうがく》だか何かで演奏をすることになった。もちろん、天皇などに何の興味も理解もなかった。それなのに、演奏中に入場する天皇のお姿を拝見して、何ともいえぬ、厳《おごそ》かな気持ちになった。以来、ニュースなどで天皇のお姿が映し出されるのをみると、誇らしい気分になるという。

天皇制に賛否両論のある現在では、どう感じられるかは分からないが、当時は、天皇は絶対的な存在であった。その威厳たるや、現在の我々が思う以上のものであったろう。

15　さしのぼる光につけて三笠《みかさ》山影なびくべき末《すゑ》ぞみえける

【出典】玉葉和歌集・賀・一〇六三

――差し昇る日の光なのに三笠山の影が長く靡《なび》いている、そんな今後が目にうかぶようである。――

【詞書】関白、少将にて喜び申し侍りける次の日、前関白のもとへ詠みてつかはしける。

平安末期以降、特に題詠《だいえい》が多くなるが、やはり個人的な状況によって詠まれる歌も少なくはない。ただし、単純にその出来事や心情を連ねればよいというものではない。何かになぞらえて*詠み上げるのが和歌である。

この歌の場合、任官《にんかん》のお祝いといったところだが、関白冬平《ふゆひら》*は、前関白基忠《もとただ》の息《そく》。かつて冬平が少将に任じられた折、その父親である基忠に対しておおいを述べたというわけである。ここで、「ご子息のこと、おめでとうござ

*何かになぞらえて――古今集の仮名序には、「心に思ふことを見るもの聞くものにつけて言ひ出せるなり。」

います」などというのでは、文芸ではない。そこを、何かになぞらえて、三十一文字に表現してみせるのである。

三*笠山が詠み込まれているが、山ならばどこでもよいわけではない。三笠山は、藤原氏の氏神である春日大社の後ろにそびえる神聖な山である。それとともに、近衛大将・中将・少将の異称でもある。つまり、三笠山だからこそ、藤原氏に対する敬意と共に、昇進した少将という官職をも表現し得ているわけである。そこに日の光、すなわち天皇のご威光が差すというのであるから、実にめでたい。前途は有望である。光を受けて山の影が横に長くたな引く。また、この影靡《なび》くにも暗示がある。実は「影靡《なび》く星」というのが内大《ないだい》臣《じん》の異称でもあるのだ。内大臣といえば、上には左右大臣、太政大臣を残すのみ。それに繋がる将来性の高い官職なのである。少将への昇進を寿《ことほ》ぐだけではない。これから中将、大将へと進み、やがては大臣におなりになるでしょう。目に浮かぶようです。将来が楽しみですなあ、というわけである。

親としては、子供の将来性を示唆《しさ》するかのような寿《ことほ》ぎは、お世辞であるとわかっていても嬉しいものである。

今では、「末は博士か大臣か」などとは、もう死語になってしまったが。

とある。

*関白—鷹司冬平（一二七五—一三二七）のこと。弘安七年（一二八四）に右少将になった。前関白は冬平の父鷹司基忠（一二四七—一三一三）。

*三笠山—大和国（今の奈良県）の歌枕。春日山の別称。

16

今よりの涙の果てよいかならむ恋《こ》ひそむるだに袖は濡れけり

【出典】玉葉和歌集・恋一・一二四九

これから先流す涙が行き着くその果てはどうなることだろうか。恋しはじめただけで、もう袖は濡れているよ。

【詞書】入道前太政大臣家に十首歌よませ侍りけるに、同じ心を。

○入道前太政大臣—西園寺《さいおんじ》実兼《さねかね》（一二四九—一三二二）のこと。

勅撰集では、詞書《ことばがき》や作者名などの情報が特に書かれていなかったり、「同じ」などのように記《しる》されている場合がある。ただ「同じ」では何のことやら解らない。このような場合は、直前に位置する情報にまで遡《さかのぼ》って、その歌の情報として理解することがルールである。勅撰集は、和歌の一首一首が作品であることは当然のことであるが、『古今集』以来、歌集全体が一つの作品として鑑賞できるように、配列に工夫がなされている。例えば、桜の花を詠んだ歌でも、桜を待ち望む歌から、咲き始め、満開の桜、散り始め、散り行く桜、散ってしまった桜のように配列されているといった具合である。

もし、この本を読んで、和歌に興味をもったら、次は一つの歌集のどこか一ページでいい、何首かの歌をまとめて読んでみて欲しい。撰者《せんじゃ》たちの苦心の跡がうかがわれたら、それは立派な「作品鑑賞」である。

さて、この歌の題は、詞書には「同じ心」とあり、が、すぐ前の歌が「初恋」の題の歌なので、それを受けて「初恋の心」を詠んだ歌であるとわかる。

「初恋」の題といっても、現代のように「初めての恋」という意味ではない。恋愛にも様々な過程があるが、「恋の思いを抱《いだ》き始めた」頃の段階を「初恋」という。といっても、お互いが顔を見合わせて少しお話をし、「あ、この人いいな」などというわけではない。当時の恋愛事情は、今とは違う。女性は人前には顔を見せないのが常識なのである。では、どんな手段で男女が知り合い恋に落ちるかというと、まずは「噂《*うわさ》」である。「あそこに、こんな女性がいるらしい」というと、そこへ見に行く。といっても、会いに行くわけではない。そっと、覗《のぞ》き見るわけである。現代の感覚からすると、「覗

＊噂―竹取物語に登場する五人の貴公子も最初はかぐや姫の噂を聞いて求愛するようになったと描かれている。

き」は犯罪であるが、当時は普通のこと。垣根と垣根の間から、一部分を覗き見ることを「垣間見る《かいま》」という。あとは、手紙のやり取りである。これからまだ幾つかの過程を経るわけであるが、ここでは、一まず置くとしよう。

恋の歌で、特に覚えておいてもらいたいのは「袖」が「濡れる」という表現である。恋の歌には数多く登場する。何で袖が濡れるかというと、それは「涙」のせいである。涙を流し、袖で拭《ふ》く。そのために袖が濡れるというわけ。「袖絞《しぼ》る」などという言い方もある。現代の民謡などでも、お盆の徹夜踊りで有名な岐阜県の郡上八幡《ぐじようはちまん》では、

郡上のナァ　八幡出て行く時は　雨も降らぬに　袖絞る　袖絞る

などと歌われている。郡上八幡を離れるのが寂しくて、袖が絞れるほど涙が流れるというのである。少々大袈裟《おおげさ》ではあるが、文芸としての常套的《じようとうてき》な表現である。もっと大袈裟な表現もいくらでもある。涙が流れて涙川になるとか、涙が溜《た》まって池になる、海になるとか、流れた涙で夜寝ている枕が浮くとか、自分の涙に漂《ただよ》う髪の毛がまるで海藻《かいそう》のようだとか。いかに恋の思いが強いかを表そうとしたわけである。涙が海になって、そこで漁師が釣りをしているなんて、「そんなバカな」などと思われそうな表現もあるので、一度

探してみてはどうだろうか。

さて、この歌、既に強い強い恋心を抱いてしまったようである。まだあの人の噂を聞いただけであるにも拘わらず、その人に対する恋心ゆえに、涙が流れる。あの人のことを思うと、切《せつ》なくて、胸がキュンと苦しくて、思わず涙がこぼれてしまう。まだ恋心を抱き始めた段階でさえ、これほどまでに涙が流れて、袖を濡らすほどであるのに、こんなことではこの後、どうなってしまうのか、涙の行き着く先は、一体……。

その恋は相思相愛に進展してゆくのか、はたまた悲恋《ひれん》に終わるのか。たとえ恋が成就《じょうじゅ》しようとも、この恋の行方《ゆくえ》はどうなってしまうのか、いつまで続くのか。今夜はあの人が来てくれるのか、来ないのか。他の女の所へなんか通っていないかしら。ああ、あの人が離れていってしまう。とうとうあの人は私の許《もと》へは来てくださらない、こんな思いをするくらいならば、いっそ死んでしまいたい……。

まだ始まってもいないとさえいえる恋愛の、甘く、切なく、物悲しい思いは、今後への期待と不安とをはらんで、果てしない。

17

知られじな心ひとつに嘆《なげ》くとも言はではみゆる思ひならねば

【出典】続後撰和歌集・恋・六七三

あなたには知ってもらえないでしょうね。私が自分一人の心の中だけで嘆いていたとしても。言わなくてもわかってもらえるというような思いではありませんから。

【詞書】忍恋を。

【語釈】○知られじな―相手には知られないだろうな。「じ」は打消推量を表わす。○言はでは見ゆる―口に出して言わないとこちらの思いが見えない。「で」は打消しの助詞。

恋の思いは、古今東西を問わない。今も昔も、恋の思いは変わってはいない。ただ、その表現方法が多少異なる程度である。現代の若い人たちにも共感できるものが多いと思う。

「忍恋《しのぶこい》」というのは、人知れず秘めたる恋の思いとでもいおうか。誰かに言いたくてもいえない、告白したくても告白できない、そんな恋心である。

さて、この歌でも、その胸中を明かしたい、でも明かせないという切ない思いが述べられている。あの人に私のこの思いを分かってもらいたい。でも、分かってもらうためには、この心を伝えなくてはならない。私一人がその胸中で心痛めていたとしても、分かってもらえるはずがない。だからこそ、切々と悩み続けるのである。

この歌には本歌がある。『伊勢物語』*の三十三段に、つれない態度の女性に対して男が詠んだ歌、

言へば得《え》に言はねば胸のさはがれて心一つに嘆くころかな

口に出して言おうとしても言えなくて、言わなければ言わないで心が騒ぎ乱れる。結局、自分ひとりの心の中で思い嘆《なげ》いているという、そんな様子を詠んだ歌である。言うまでもなく、「心一つに」という自分ひとりで悶々《もんもん》と悩み続ける思いが眼目《がんもく》である。

この本歌ではただ一人思い苦しむ切ない思いであり、自己の内部で自己完結してしまっているのに対して、為氏の歌では、そんな気持ちを相手に分かってもらいたいとし、より積極的に、恋の対象たる相手を意識させている。

その思いが強ければ強いほど、切ない恋の思いがつのる。欧米的な自由恋愛の様相とは異なり、何と奥ゆかしいことか。

*伊勢物語―平安時代前期の歌物語。全百二十五段から成る。その三十三段に「昔、男、つれなかりける人のもとに、

言へば得に言はねば胸のさはがれて心一つに嘆くころかな

思ひ思ひて言へるなるべし」とある。

18

言はで思ふ心一つの頼みこそ知られぬ中《なか》の命なりけれ

【出典】続拾遺和歌集・恋一・七八七

伝えることをせずに心の中で密かに思うことが、あの人に気づかれずにいる間の、せめて私の命の支えなのです。

【詞書】忍久恋の心を。

【語釈】○言はで思ふ―口に出して言わずに、内心で思うこと。古くからあった慣用句で「言はで思ふぞ言ふにまされる」などと使われた。

「忍恋」もその期間が長くなると、そこに意味を持ち始める。いや、むしろそこに意味を持たせる、といったほうが適切であろうか。

詞書は「忍びて久しき恋」。17に掲げた歌とは、忍んでから「久しい」という違いがある。「久し」というのは、時間的な長さを示す言葉で、特定の長さの期間を指すわけではない。三日経《た》って会った人に「三日ぶり」といい、三年前に会った人には「三年ぶり」という。ところが、毎日会っている人ならば、三日も間を空けると「久しぶり」となるし、ほとんど会うことのない人には、半年たっても「久しぶり」とは感じない。要《よう》は、その人の基準における、不特定な期間の長さを言うわけである。

だから、この歌の「久し」は、どれほどの期間を指すものかはわからない。ただ、総じて何かを「忍ぶ」、すなわち耐えているときには、随分《ずいぶん》長く感じることであろう。同じ一時間でも、好きな相手と一緒にいる一時間は、あっと言う間に過ぎてしまうが、嫌いな教科の授業一時間の、何と長く感じることか。アインシュタインの相対性理論である。

もう、随分長い間、あの人に心のうちを伝えられずにいる。切ない、苦しいこの思いは一体どれほど続いているのだろう。そして、いつまで続くのであろう。しかし、その苦しみは、自らの活力、生きがいへと転化されていく。もし、あの人に恋心を伝えることができたとしても、相手に知られることで、この思いは受け入れられず、終焉《しゅうえん》を迎えてしまうかもしれない。それでも、あの人に知られていない現時点では、まだ、希望があり、可能性が残されている。その希望こそが、今の私の生きがいであり、私そのものである。これこそが私の命なのだというのである。何とも健気《けなげ》である。

19

ねぬなはの寝ぬ名はかけてつらさのみ益田《ますだ》の池の自《みづか》らぞ憂き

【出典】続拾遺和歌集・恋二・八五八

まだあの人と共寝をしていないのに寝たという噂が立った。その噂を思うと、益田の池ではないが、辛《つら》さばかりが増して、自ら情けない気持ちになる。

【詞書】弘長三年内裏百首歌たてまつりし時、寄池恋。

【語釈】○かけて―念をかけるように。

詞書にある「池に寄する恋」のように、「〜に寄する恋」という歌題《かだい》は多い。ただ恋の歌を詠めばよいというのではなく、何かに事寄《ことよ》せて恋の歌を作る。「雲に寄する恋」「風に寄する恋」など千差万別である。

この歌には「掛詞」が多用されている。単なる言葉遊びとして現代風に言えば「おやじギャグ」となってしまうが、同音異義語をうまく利用した和歌的技巧《ぎこう》である。言葉に長《た》けていなければできるものではない。

「ねぬなは」とはジュンサイのこと。ヌメヌメとした粘液に包まれた新芽は、味噌汁に入れるとうまい。それはともかく、スイレン科の植物であり、泥中に根、水中に茎、そして水面に葉が浮かんでいる。この「ねぬなは」という音から、「寝ぬ名」すなわち、まだ恋の相手と共に寝ていない「寝ぬ」と、恋に付き物の、噂に立つ「名」が導き出される。すでに恋人同士として、その恋が報《むく》われているのであればまだしも、まだ共寝《ともね》もしていない間柄なのに、その噂が立ってしまったのである。ただでさえ満たされることのないつらい恋の思い、その上、噂になってしまったということで、つらさばかりが増す。さて、その「増す」を利用して、「益田の池」が詠みこまれる。この益田の池、大和国*の歌枕なのだが、実は、ジュンサイが名産。思いが「増す・益田の池」という言葉の連鎖だけではなく、冒頭の「寝ぬ名」をも関連付けているのだから、大したものである。さらに、当たり前のことだが、池には水がある。益田の池の「水」。この「みづ」が、次の「みづから」へと連鎖している。さらに「うき」は、つらい、情けないという「憂き」と、ジュンサイの葉が水面に浮いている「浮き」。

ちょっとやそっとではできない、なかなかに見事な「言葉遊戯*」である。

＊大和国―今の奈良県。

＊言葉遊戯―「ねぬなは」→「寝ぬ名」、つらさが「増す」→「益田の池」、「池の水」→「自ら」、「憂き」→「浮き」。

20

ありし世《よ》を恋ふる現《うつつ》かかひなきに夢になさばやまたも見ゆやと

【出典】続千載和歌集・恋三・一四一二

あの人と一緒であった日々を恋しく思うだけの今の現実は甲斐《かい》のないものだが、それでも夢であったなら再び逢《あ》えるかもしれないとつい考えてしまうことよ。

【詞書】宝治元年十首歌合に、遇不逢恋。

【語釈】○ありし世―あった世。「世」に「夜」を響かす。○現―夢に対する現実。「夢うつつ」とか「夢かうつつか」などと対句的に使う。

「ありし世」といっても、何のことか解《わか》りにくいかもしれない。「そうであった世」というのである。恋愛に関して、そうであったといえば、そういう状態、つまりは、恋愛をしていた頃を指す。ここでの「世」は、これそのものも「男女の仲」ととることができるし、また、男女が恋を交わす時間帯である「夜」を想起させる言葉でもある。

詞書の「遇《あ》ひて逢《あ》はざる恋」というのは、二人が結ばれたという事実がありながら、その後、逢わずに過ごしていることをいう。一度「遇う」ことがあったがために、その後の「逢はざる」ことが、よりつらさを増す。

この歌は、「ありし世を恋ふる現か」「かひなきに」「夢になさばや」「またも見ゆやと」といくつもに句切《くぎ》れているのが特徴。この溜息《ためいき》は次のようであろうか。

夢と現実は違うもの。あの人と過ごした恋の日々は、もう破局を迎えてしまったのか、あれから逢うこともない。つい、あの頃を思い出してしまう。しかし、思い出してみたところで、所詮《しょせん》、現実の悲しさ。なんと意味のないことか。でも、夢ではどうだろう。夢の中では、まだあの人との恋は続けられる。また、あの人と逢えるかもしれない。あの頃と同じように、愛《いと》しいあの人がまた微笑みかけてくれるかもしれない。しかし、それも所詮は夢。夢にいくら期待を抱いてみたところで、何ら満たされることはない。しかし、つい、せめて夢の中でと、そう考えてしまう。

現実の逢瀬《おうせ》が期待できず、夢での逢瀬に期待する思いを詠んだ歌として、小野小町《おののこまち》の次のような歌が思い起こされよう。

　＊うたた寝に恋しき人を見てしより夢てふものは思ひそめてき

はかない夢にさえ、思いを託《たく》すこの切なさ、いじらしさ……。

＊うたた寝に恋しき……—古今集・恋二・五五三の歌。うたた寝して見た夢の中で、愛しいあの人に逢えた時から、夢というはかないものを頼りにしはじめたことです。

21

いと早《はや》も移《うつ》ろひぬるか秋萩《あきはぎ》の下葉《したば》の露のあだし心は

【出典】万代和歌集・恋四・二四五四

こんなに早くあなたはもう心変わりしてしまったのですか。秋萩の下葉の露のようですね、はかないあなたの浮気なお心は。

【詞書】秋三十首に。

【語釈】○あだし心―「仇《あだ》し心」で、無駄な心、浮気であてにならない心を表す。

せり・なずな　ごぎょう・はこべら　ほとけのざ　すずな・すずしろ
　これぞ七草

室町時代初期を代表する歌人であり、古典学者の四辻善成《*よつつじよしなり》の作と伝えられる歌で、よく知られている春の七草《ななくさ》。五・七のリズムに置き換えられたことで、現代もなおよく知られているが、古来親しまれてきたものである。一月七日には、これらを入れた「七草粥《がゆ》」を食べることで、無病息災を願う。今

＊四辻善成―源氏物語の総合的注釈書河海抄《かかいしょう》を著した。その中で七草の名をあげているが、和歌として作って

でも、スーパーなどで「七草粥セット」が売られているのを目にする。

ところが、「秋の七草」となると、あまり知られていない。

萩《はぎ》の花　尾花葛花《くずばな》　撫子《なでしこ》が花　女郎花《をみなへし》　また藤袴《ふぢばかま》　朝顔の花
とは、万葉集歌人・山上憶良《やまのうえのおくら》の歌である。ちなみに、最後の朝顔は、今の桔梗《ききょう》。「萩・桔梗・また女郎花・藤袴・尾花・葛花・撫子の花」などともいうのも五七のリズムで覚えやすい*。尾花はススキのこと。

閑話休題。秋を代表する草花の一つ「萩」。細長くたわんだ枝に小さな葉と花をつける。秋も深まりそこに露が降《お》りる頃になると、萩の下葉が色付き、紅葉する。葉の色が色変わりすることを、移ろうという。このことから、「秋萩の下葉の露」が、「あだし心」を導き出す序詞《じょことば》となっている。葉の色を移ろわす露を、すぐに心変わりしてしまった恋人の不誠実な浮気心に喩えたもの。もちろん、男に捨てられた女性の身になってうたっていることが分かる。

あなたはもう心変わりしてしまったのですね、というだけの内容ではあるが、そこに四季折々の、特にセンチメンタルな秋の風情と共に織《お》り交《ま》ぜて詠み上げるところに、文芸としての粋《すい》がある。


いるわけではない（一三三六―一四〇三）。

*覚えやすい―近頃では「お・す・き・な・ふ・く・は（お好きな服は？）」という覚え方もあるらしい。

22

春日山《かすがやま》祈りし末《すゑ》の代々《よよ》かけて昔変はらぬ松の藤波《ふぢなみ》

【出典】続拾遺和歌集・雑春・五二九

俊成・定家・為家と春日山に祈ってきた先祖代々の和歌の道を通じ、私もおかげでこうして松に掛かる藤の花としての面目をはたすことができたことだ。

この歌で為氏を終えるが、『＊続拾遺集《しょくしゅういしゅう》』にはこの為氏の歌の前に、為氏の先祖である俊成《しゅんぜい》・定家《ていか》・為家《ためいえ》三代の春日山に奉《ほう》じた歌が三首連続して並んでいて異色を放っている。　撰者為氏の意図が働いているのは間違いない。

・春日山谷の松とは朽ちぬとも梢に返れ北の藤波　皇太后宮大夫俊成

・立ち返る春を見せばや藤波は昔ばかりの梢ならねど　権中納言定家

・言の葉の変はらぬ松の藤波にまた立ち帰る春を見せばや　前大納言為家

【詞書】三代の筆の跡を見て、また書き添え侍りし。

【語釈】○春日山―藤原氏の氏神である奈良春日大社のある山。三笠山ともいう。

＊続拾遺集―弘安元年（一二七八）、亀山院の命により為氏が撰進した十二番目の勅撰集。

当時は、いうまでもなく身分社会。その家格や家柄が大きく物をいった。藤原家は南家《なんけ》・北家《ほっけ》・式家《しきけ》・京家《きょうけ》に別れたが、他の家が政治的事件などに絡《から》んで衰退したなか、北家だけが皇室との姻戚関係を築いてその権威を背景に繁栄した。最盛期はもちろん、「この世をば我が世とぞ思ふ望月の欠けたることのなしと思へば」と詠んで自らの権威を誇った藤原道長の時代。摂政・関白・太政大臣等の重要な職を独占する家柄となった。

*御子左家《みこひだりけ》はその北家の流れを汲《く》む。いわゆる「歌の家」としては俊成が筆頭にあげられるが、御子左という家系は道長の子の長家《ながいえ》を祖としている。長家は正二位大納言、一般の貴族としてはまだ上位という所にいたが、時代も変わり、俊成の頃になると、政治の中枢に位置する家格ではなくなっていて、最終的には非参議で正三位で終わった。家祖長家の頃の家格から下落してしまったといわざるをえない。

最初に位置する俊成の歌には、「五社に百首歌よみて奉りける比《ころ》、夢の告《つげ》あらたなるよし験《しるし》侍るとて*書き添へ侍りける」という詞書があるが、「五社百首」というのは、俊成が文治《ぶんじ》二年（一一八六）に伊勢・賀茂・春日・日吉・住吉の五社に、それぞれ百首を奉納《ほうのう》したことを指す。俊成の歌はその中に収め

*御子左家—道長の六男長家が左大臣兼明親王の邸宅を伝領したところから御子左と名乗るようになった。

*書き添へ—春日社の壁にでも書いたかとも考えられるが、五社百首の中の春日百首の後書きにでも書き加えたのであろう。春日社でその百首を見た定家、為家、為氏が、代々その後に自分の歌を書き添えていったのであろう。

られた一首で、自分は、春日山の谷間の松が年を重ねて朽ち果ててゆくように、沈淪《ちんりん》したままで生涯を終えてしまってもかまわないが、願わくは子孫の代には、元のような状況に立ち戻って藤の花を咲かせてほしいと、将来の繁栄を祈ったのである。梢は「木末《こずえ》」とも書くように、後の時間帯や時代を「末」に掛けている。そして藤波、これは藤の花房が波状態に揺《ゆ》れる様を述べたものだが、当然「藤原氏」の「藤」を指したもの。この奉納の翌年、俊成には伊勢神宮の権禰宜《ごんのねぎ》から夢のお告《つ》げともいうべき夢想記がもたらされており、願いは叶えられるという神意が示されることになった。詞書の中の「夢の告《つげ》あらたなるよし験《しるし》侍る」というのは、その事実を指している。

これを承けて定家の歌がくる。詞書は「その後年を経て、この傍らに書き付け侍りける」。俊成の歌の隣りに書き添えたのである。一門の繁栄を歌に託した父はすでにない。現在もそうであるが、春は盛りの季節。一族にも春がきた。昔ほどではないが、「立ち返った」姿を亡き父に見せたいと詠んでいる。定家の極官《ごっかん》は従二位《じゅにい》権中納言。まだ家祖《かそ》長家には及ばないが、一応の家格回復を果たしたといってよい。ちなみにこの歌の「波」と「立ち返る」は縁語である。

次いで為家の歌。祖父俊成、父定家の歌の隣りにさらに書き添えたと詞書*

＊詞書—同じく書き添へ侍りける。

はいう。「言の葉」は松の葉に通じる。常緑の松葉のように変わらないのは、祖父俊成が願った言葉。この言葉通りに家格の回復を見た。為家の極官は正二位権大納言。家祖長家と同等の所まで回復したのである。

そして掲出したこの為氏の歌がくる。曾祖父の願いが父の代になってやっと叶《かな》った。その代々の胸中を偲《しの》びつつ書き連ねられた筆の跡を目にした為氏の感慨はいかなるものがあったであろうか。長い家の歴史、そして思いを共にし、時を大きく隔てながらもここに会《かい》した筆の跡。その結果として今の自分がある。あの春日神社に曾祖父が祈ったことが、三代にも亘って叶えられてきたのである。今、昔と変わらぬ藤原氏としての家系の中にいる喜び。

和歌には心が託される。一族の繁栄を祈り、それが叶えられた喜びとともに、為氏もまた藤の花に託して、父祖たちの隣りに歌を書き加えたのである。

自らが編集した勅撰集に、俊成以下四代の歌をこうして列挙する為氏にとっては、単に藤氏《とうし》としての家格の回復とそれに列する子弟としての感懐のみならず、「歌の家」として自らもこうして支え続けているという誇りを示す意図も当然あったはずである。いずれにせよ、家の存続というものに対する彼らのこうした永続的な思いの強さには、現代でも何か襟《えり》を正されるものがある。

為世

01

今朝《けさ》よりや春は来ぬらむ新玉《あらたま》の年立ちかへり霞む空かな

【出典】続後撰和歌集・春上・四一

―今朝からは春が来たらしい。年が代わって、霞みが立つ今日の空であるよ。―

【詞書】春立つ心を詠み侍りける。

明治三十一年（一八九八）、*正岡子規《まさおかしき》は、*『再び歌よみに与ふる書』の中で、こう言い放った。

　貫之《つらゆき》は下手な歌よみにて『古今集』はくだらぬ集に有之候《これありそうろう》。

と。しかし、それは「理知的」とみるか「駄洒落《だいじゃれ》」「理屈ッぽい」とみるかといった程度のような違いであり、少なくとも『古今集』は、江戸時代までの約一千年、その一言一句が金科玉条《きんかぎょくじょう》と仰がれ、以後の和歌の規範として

*正岡子規―歌人。写生・写実と万葉調を唱えた（一八六七―一九〇二）。

*再び歌よみに与ふる書―新聞『日本』に十回にわたって掲載された歌論『歌よみ

影響を与えただけではなく、歌集の構成などでも手本とされたのである。和歌の文芸としての繁栄。それは、まさに『古今集』あればこその繁栄だったわけである。

子規は、強《し》いて一つだけ『古今集』を褒《ほ》めるとするならば、『万葉集』*以外で、一つのものを築いた点だけが取柄《とりえ》であるという。何事も、初めてのものは珍しい。しかし、「ただこれを真似《まね》るをのみ芸とする後世の奴こそ気の知れぬ奴には候なれ。」として、『古今集』以降の和歌をも大いに批判する。『古今集』を真似するしか芸の無い、後世《こうせい》の歌人達の気が知れないというわけである。これも、古典和歌の擁護《ようご》者のように言わせてもらえば、各々の時代時代に工夫がなされ、多くの歌人達が真剣に和歌に取り組んできたことは事実であった。確かに、特に勅撰和歌集が、伝統に固執し、形骸《けいがい》化してしまっていたことは認めざるを得ないような気がするのも否《いな》みきれない。しかし、中世の和歌を、「いかにも和歌らしい和歌」とみるのか、「陳腐《ちんぷ》な和歌」とみるのかという違いだ。

いずれにせよ、今は、『古今集』を範《はん》とした和歌が脈々《みゃくみゃく》と流れ続けてきたこと、そしてそれが日本人の美的感覚をも築き上げてきたことだけは、強調

に与ふる書』の二回目。

*万葉集—奈良時代に成立した。現存する最古の歌集。最終的な編者は大伴家持（七一八？～七八五）とされる。二十巻、約四千五百首を収める。

しておこう。

『古今集』以来、歌集の巻頭には立春《りっしゅん》の歌を配置することは伝統の一つとなった。『古今集』の巻頭は周知のように*在原元方《もとかた》の歌で、

年のうちに春は来にけりひととせを去年《こぞ》とやいはむ今年とやいはむ

一月一日になる前に、暦《こよみ》ではもう立春を迎えてしまった。残された年内の日々を「去年」といおうか、それとも「今年」というべきであろうか、というのである。ちなみに子規はこの歌を「実に呆れ返った無趣味の歌」「しゃれにもならぬつまらぬ歌」というが、「年内立春《ねんないりっしゅん》」による暦のズレを面白く詠んで、『古今集』の巻頭歌として、記憶に留められるべき一首となった。

巻頭を飾ることは、何よりも名誉なことである。その集の巻頭が誰の歌であるかによって、その歌集の性質がわかるとさえいえる。

この歌は『*続《しょく》後拾遺集』の巻頭を見事に飾った為世の歌。撰者為藤・為定の、『続《しょく》後撰集』『続《しょく》千載集』という二つの勅撰集を単独撰した為世への敬意と、*京極《きょうごく》派《は》との確執《かくしつ》を乗り越えた二条家の誇りが漲《みなぎ》っている。

さて、暦の上で春になったからとて、いきなり春らしい気候、春らしい景色になるわけではない。本来は、春だから霞むのであり、霞んでいるから春

＊在原元方―平安期の歌人で生没年未詳。在原業平の孫。

＊続後拾遺集―為世の息為藤と、甥為定によって嘉暦《かりゃく》元年（一三二六）に成立した十六番目の勅撰集。下命者は後醍醐天皇。撰者は為藤であったが、その途中没後は為定が受け継いだ。

＊京極派―京極為兼（一二五四―

なのである。しかし、年が改まり、春になったと知覚することで、まるでそれに付随するかのように、周りの風景さえもそのように認知される。単なる暦の確認ではなく、単なる春の発見でもない。思い込もうとしただけではなく、気が付いたというだけでもない。「ああ、今日から春なのだ。だからこそ、空が霞んで見えるのだ。」と、相俟《あいま》って感じることこそが、生活と季節感との結合であり、より知的な春の実感なのである。そこに人の人としての感動がある。その感動を言葉に託《たく》し、三十一文字《みそひともじ》に詠み上げてみせる。歌人の歌人としての面目なのである。

かの*源俊頼《としより》は、*「我は歌詠みにはあらず、歌作りなり」といったという。『古今集』仮名序《かなじょ》にいうように、かつての和歌は、*心が言葉になったものであったのかもしれない。しかし、その『古今集』以来の伝統を重んじつつ、継承し、より良いものを作り上げようとしてきた人々の努力により、和歌は発展し、文芸として第一の地位を確立し、保持し続けてきた。三十一文字で紡《つむ》ぐこと、より適切な言葉を選ぶこと、より優《すぐ》れた和歌に仕立てること。すべてその「営《いとな》み」の結果であることこそが、和歌が単なる「言葉」に留まらず、「文芸」として成立している所以《ゆえん》ではあるまいか。

一三三）を中心とした歌道流派。革新的な歌風で二条家と対立した。

*源俊頼―平安後期の歌人。五番目の勅撰集『金葉集』の撰者（一〇五五―一一二九）。

*我は歌詠みにはあらず―顕昭の古今集註に「俊頼、自《みずから》云《いはく》」として記されている。また、細川幽斎が口述した耳底記《じていき》には『定家云、家隆は歌よみ、我は歌つくりと云々』とある。あの定家も自分を歌作りと位置付けていたという。

*心が言葉に―仮名序には「人の心を種として、よろづの言の葉とぞなれりける」とある。

02

立ち渡る霞に浪《なみ》はうづもれて磯辺《いそべ》の松に残る浦風《うらかぜ》

【出典】続拾遺和歌集・春上・三七

立ち込めた霞のために波は埋没してしまい、聞こえるものといえば、磯辺の松にはただ浦風が吹いているだけだ。

【詞書】題しらず。

為世の勅撰集初出は、父為氏が編んだ『続拾遺集《しょく》』。その最も巻頭近くに出て来るのがこの歌。すなわち、為世の勅撰集デビュー歌である。

＊続拾遺集―為氏22に既出。

春霞が立ち、一面の景色がその霞の中に埋没している。殊に海辺は、夜間に冷やされた水分が、日の出とともに温められ、蒸発が活発で、霞がより深く立ち込めている。

今、海を臨《のぞ》んで磯に立つ。しかし、その海が、霞のために見えない。本来は見えるはずの海が見えていないのである。人間は感覚の九十パーセントを視覚に頼っているという。古の人々が、このような科学的常識を持っていたわけではあるまいが、やはり、視覚が中心であることは疑いない。見えないものを見たとき、それが感動を生む。

近くの岸辺には松の木が立っているのであろう。その枝葉を通り過ぎ、揺らす、ざわめきの音だけが聞こえてくるのである。目に見えない風を、音で知る。浦風の吹く音を聞き、風が吹き動かす松を思い浮かべた時、その存在を認知し得たわけである。霞に閉ざされた磯辺で、磯辺である名残《なごり》を示してくれているものは、目に見えないはずの風。風を知ることで、我々の眼前にも、作者の感じた風景が、見えない風景が見えてくる。

『百人一首』*でも有名な藤原敏行《としゆき》*の歌、

秋来ぬと目にはさやかに見えねども風の音にぞおどろかれぬる*

なども、目に見えぬ秋というものを風の「音」によって認知したというのであり、同様な趣向《しゆこう》である。

現代の我々も、目には見えないものの存在を、確かに認めるようにしたいものだ。見えないものがそこに見えてくるかもしれない。

＊百人一首—為氏13に既出。定家が小倉山の山荘を飾る色紙和歌として撰んだとされるところから、小倉山荘色紙和歌あるいは小倉百人一首ともいわれる。

＊藤原敏行—平安前期の歌人。(？—九〇一、あるいは九〇七)

＊秋来ぬと目には—古今集・秋上・一六九・藤原敏行朝臣。秋が来たことは目にははっきりとは見えないが、風の音で、そのことに気がついたよ、という意。

03

煙《けぶり》さへ霞《かすみ》添へけり難波人《なにはびと》蘆火《あしび》焚《た》くやの春のあけぼの

【出典】続千載和歌集・春上・四一

難波人が蘆を燃やして立ちのぼる煙さえもが、霞を添えてかすんでいる。そんな春のあけぼのであることよ。

『古今集』以来の美的感覚を大きく変えたのは、紫式部*の『源氏物語』*であったといってよかろう。といっても、『源氏物語』の登場が、すぐに変化をもたらしたわけではない。むしろ、平安時代も終わりに近付く頃までは、物語は所詮《しょせん》、物語。文芸といえば和歌であり、物語の地位は格段に低かったのである。

しかし、院政期頃《いんせいき》になって、『古今集』以来の「伝統」を保持し続けてき

【詞書】百首歌奉りし時。

＊紫式部―平安中期の女流歌人、源氏物語の作者。一条天皇の中宮彰子に仕えた。
＊源氏物語―為氏13に既出。

た和歌にも、マンネリズムが生じる。マンネリを打破しようとして、「新風《しんぷう》」が生じる。新風は従来の否定にも繋がる。したがって新風の後には必ず「見直し」がなされる。この見直しの時代が*藤原俊成《しゅんぜい》あたり。彼は、従来の各時代における和歌の特色を認めた上で、自分達の時代に相応《ふさわ》しい和歌の世界を求めた。そして、物語の世界観を和歌に導入することを試みたのである。

人間のあらゆる事象と心情を描いているといわれる『源氏物語』。これ以降、この物語を越える物語がついに出現し得なかったことからも、いかに優れた作品であったかがわかる。のみならず、文芸全体に与えた影響、その結果与えた美意識の変化。恐ろしいほどの名作である。

和歌における美意識の変化の、ほんの一例をみてみよう。『古今集』の*素《そ》性《せい》法師の歌、

*見渡せば柳桜をこきまぜて都ぞ春の錦なりける

都一面に春らしい色彩が鮮《あざ》やかで、春らしい喜びに溢れている。そこには、いかにも春らしい風物が並んでいることに注意して欲しい。

ところが、『新古今集』の*藤原定家《ていか》の歌、

*見渡せば花も紅葉もなかりけり浦の苫屋《とまや》の秋の夕暮れ

*藤原俊成—平安末期の歌人。御子左家の祖。七番目の勅撰集千載集の撰者。為世の高祖父（一一一四—一二〇四）。

*素性法師—生没年未詳。平安前期の歌人。遍昭の子で、古今集に三十六首が入集する。

*見渡せば柳桜を……—古今集・春上・五六。

*藤原定家—鎌倉初期の歌人。新古今集の撰者の一人で、新勅撰集の撰者。為世の曽祖父（一一六二—一二四一）。

*見渡せば花も紅葉も……—新古今集・秋上・三六三の定家の歌。

うらさびれた海辺、夕暮れ。いつの季節にも存在する、一般的な事象である。しかし、いかにも秋めいている。ただ、ここには花や紅葉といった、いわゆる風流を表し得るものは何もない。そのことが、より一層心に染《し》み入る。

これは、『源氏物語』の主人公・光源氏が、政敵右大臣の娘であり、亡き母のライバルともいうべき弘徽殿《こきでん》女御《にょご》の妹、朧月夜《おぼろづきよ》と契《ちぎ》りを結んでしまい、都を逃《のが》れて*須磨《すま》に下った時の描写が大きく影響している。それまでは華やかな都で、何不自由なく、多くの人々と共に過ごしてきたが、何もない辺境の地へと移り住む。愛《いと》しい人々はいない。何の風情《ふぜい》も無いはずの情景に、その心境が重なった時、より一層心に染み入る。

我々は、秋の物寂《ものさび》しさを、落ち葉、秋風といった具現物があることで実感する。ただし、以前と比べて「無い」ことには、寂しさを感じる。新築・入居前の部屋に何もないことではセンチメンタルになることはないが、今まで生活してきた部屋から何もなくなった時、楽しかった生活の日々か、自分の許《もと》を去っていった愛《いと》しいあの人か、それぞれに、心に去来《きょらい》するものこそが、人に憂愁や悲哀を与え、感傷的にするのである。

紫式部は、『源氏物語』を通して、個々の感傷を一般化してしまった、と

＊須磨に下った時の描写―はるばると物の滞りなき海面《うみづら》なるに、なかなか春秋の桜紅葉の盛りなるよりも、ただそこはかとなる繁れる蔭どもなまめかしきに（源氏物語・明石）。

さえいってもよいのではないだろうか。

閑話休題。この為世の歌には、「霞」によって春を代表する景物が直接的に詠みこまれている。しかも時間帯は「あけぼの」、清少納言の『枕草子』*で、もっとも春らしい趣が深いとされた時間帯である。

その一方で、ここは海辺である。難波《なにわ》というのは摂津国の歌枕。今の大阪市で、淀川《よどがわ》の河口。現在の栄えた大阪を想像していただいては困る。蘆が生い茂った湿地帯で、荒涼《こうりょう》とした場所だったようである。とても「春」を思わせる場所というイメージではない。そこで生活している人が、蘆を燃やして、おそらくは煮炊《にた》きでもしているのであろうか。

一方では、いかにも「春」といった風情、しかし一方では、風流とは縁のない貧しさと生活臭。だが、それを一つの情景として目にした時、貧しさと生活臭は、「蘆火焚く煙」へと昇華《しょうか》する。風情を演出する効果の一つとなるのである。

全身で春を感じる。春を喜び、その風情に身をまかす。蘆火を焚く煙までもが春の霞と溶け合って、より一層の情趣を添えているかのようである。もはや、春に条件などは必要ないのである。

＊枕草子で―冒頭に「春はあけぼの。やうやう白くなりゆく山際少しあかりて、紫だちたる雲の細くたなびきたる」は有名。

04

行く先の雲は桜にあらはれて越えつる峰の花ぞ霞《かす》める

【出典】続千載和歌集・春・八五

行く先に見えていた雲は今桜として現れ、逆にこれまで越えてきた峰の桜の花は背後にあってもう霞んでいる。

【詞書】嘉元百首歌奉りし時、花。

花を愛《め》で、花を求め、花を追う。人里から山里《やまざと》へ、山里から深山《みやま》へと。

現在の我々からしてみると、異常とさえ感じるほどかもしれないが、さもあらず。春、名木《めいぼく》といわれる桜の木には交通渋滞を覚悟で見物人が集まるではないか。秋、観光地から離れた辺鄙《へんぴ》な場所で見つけた紅葉の美しさを誇る記事を必ず目にするではないか。それでいながら、一方では、「混雑するから嫌だ」とか「どこで見ても同じでしょ」などという人もいる。しかし、そんな人々に対して、不風流、朴念仁《ぼくねんじん》、面白みのない人などというレッテルを貼ろうとする。奇妙ではあるが、「フリをしてみせる」ことも一つの風流となっているようだ。

古《いにしえ》の人たちが、実際に、桜を求めて山の峰をいくつも越えていくなどということが、果たしてあったであろうか。藤原俊成なども、

　*面影《おもかげ》に花の姿を先立てて幾重《いくえ》越え来《き》ぬ峰の白雲

という歌を詠んでいるが、いうまでもないことだが、白雲を桜と思って、その桜を見るために峰をいくつも越えてしまった、などという逸話は伝わっていない。しかし、わずか三十一文字の世界の、何という広大さ、深遠《しんえん》さ。

為世の歌も同様である。花を求める自分の目の前の山に白雲がかかっている。今の自分の目には、白雲のように見えるが、やがてそれが桜として眼前に展開する。振り返れば、これまでに越えてきた峰に咲いていた桜が霞んでいる。あれは花だったのか、白雲だったのか。そしてまた、桜として出現するであろう白雲を追う。もはや、求めるものは桜なのか、白雲なのか。

追い求めるのは、春のひと時の、白い幻想の世界。

*面影に花の姿を先立てて——長秋詠藻・二〇七に載る。長秋詠藻は俊成の家集。

05

つれなくて残るならひを暮れてゆく春に教へよ有明《ありあけ》の月

【出典】新後撰和歌集・春・一五一

つれない様子で残るという慣習があるのだということを、暮れてゆく春に教えておくれ、有明の月よ。そうすれば春もまだつれなくてもいいからしばらくは残ってくれるだろう。

【詞書】院、位におましましける時、上の男ども、暮春《ぼしゅん》の暁月《ぎょうげつ》といふことをつかうまつりけるに。

『*百人一首』の*壬生忠岑《みぶのただみね》の歌に、

有*明のつれなくみえし別れより暁ばかり憂きものはなし

という歌がある。まずは、この歌から味わおう。

恋人達が、夜の逢瀬《おうせ》を過ごし、夜明け方になると別れて、男が女の許《もと》を去って行く。恋人達にとっては、最も物悲しい、つらい時である。いつまでも名残《なごり》は尽《つ》きない。それでもしばしの別れである。間もなく夜が明けようとし

*百人一首―02、13に既出。男六十六人、女二十一人、僧侶十三人。六割以上を恋の歌が占《し》める。

ているのに、西の空にはまだ月が残っている。これが有明《ありあけ》の月。下旬頃の月で、月の出の時間が遅い。従って、明け方頃にもまだ沈まないで残っているわけである。まだ月が出ているのに、恋人達は別れなければならない。そんな二人の切なさを、まったく素知《そし》らぬ顔をしているかのように、空から照り、見下ろしている。なんて心無《こころな》い、つれない月よ、ということになる。いっそ、早く沈んでくれていれば……。つれない様子だからこそ、いつまでも照り、見下ろしているかのように感じてしまうはずである。有明の月がつれなく見えた別れを体験した二人。それからというもの、夜明け方ほどつらい時間はない、というわけである。

有明の月は、かく「つれなくて残る」ものなのであった。

この為世の一首は、有明の月がつれなくも「残る」という点を逆利用し、残って欲しい、過ぎ去ってゆく春を惜《お》しむ歌である。春は必ず過ぎ去って夏になる。春が過ぎ去ることは人々にとって、いかにも名残惜しい。つれない様子であってもよいから、残って欲しい。そこで、「残る」ことが慣例である有明の月に訴える。「お前のように、つれなく見えながらも残る慣習もあるのだから、お前を見習って残るよう、春に伝えておくれ」と。

*壬生忠岑―生没年未詳。平安前期の歌人。古今集の撰者の一人。
*有明のつれなく……―古今集・恋三・六二五の歌。

06

ほととぎす一声《ひとこゑ》鳴きて片岡《かたをか》の森の梢《こずゑ》を今ぞ過ぐなる

【出典】続後拾遺和歌集・夏・一九二

ほととぎすが一声鳴いて、ここ片岡の森の梢の上を、ちょうど今、飛び過ぎていくようだ。

【詞書】一品内親王裳着《もぎ》の四季の屏風に。

片岡の森というのは、山城国の歌枕。今の京都市は北区にある賀茂別雷《わけいかづち》社《しゃ》、いわゆる上賀茂《かみがも》神社近辺の岡に茂った森。新古今時代あたりから、この森を舞台にほととぎすを詠み込んだ歌が詠まれるようになった。

初夏。夏の到来《とうらい》を感じさせる風物といえば、視覚的には卯《う》の花、藤、山吹といった植物。それに対して聴覚的には、このほととぎすが初夏を代表する。鳥そのものを見るわけではない。その鳴き声を聞くことで、夏の到来を実感する。ただし、このほととぎすの声を聞くことができるのは、早朝の静かな森の中。人々は、ほととぎすの鳴き声を求め、待ちわびた。『源氏物語』の作者、紫式部*が次のような歌を詠んでいる。

ほととぎす声待つほどは片岡の森の雫《しづく》に立ちやぬれまし*

ほととぎすの鳴き声が聞きたくて、それを求めて片岡の森にまでやってきている。早朝のこと、茂《しげ》った緑は露を帯びている。その露の雫に濡れながらも、ほととぎすが一声鳴くのを待ち続けているのである。

紫式部の歌を「本歌取り」したのが、為世のこの歌。詞書《ことばがき》にあるように、屏風に書かれた画をもとにしての詠であり、実詠《じつえい》ではない。しかし、今、私は片岡の森にいる。あの紫式部が露の雫に濡れながら待ちわびた、片岡の森のほととぎすの声。今か今かと耳を澄ませて待ちわびていると、まさにたった今、鳴きながら梢の上を通り過ぎていった。

紫式部と為世とでは、およそ三百年の隔《へだ》たりがある。しかし、為世は、和歌を通じてあの紫式部との対話を果たした。「ああ、あなたが露にぬれながら待ちわびたほととぎすの声、今、確かに聞きましたよ」と。

*紫式部―藤原為時の女《むすめ》。源氏物語の他にも紫式部日記を著している（九七八？―一〇一四？）。

*ほととぎす声待つ…―新古今集・夏・一九一。ほととぎすの鳴き声を待っている間は、片岡の森の雫に立ちながら濡れましょうか。

07

鵜飼舟《うかひぶね》瀬々《せぜ》さしのぼる白波にうつりて下《くだ》る篝火《かがりび》のかげ

【出典】続千載和歌集・夏・三〇二

鵜飼舟が瀬々の流れを溯《さかのぼ》ると、白波に映った篝火の火影《ほかげ》が、まるで川を下っていくかのように見える。

【詞書】嘉元三十首歌奉りし時。

夏の風物詩の一つ、毎年の季節の話題としてテレビでも取り上げられる鵜飼。夜、舟で川に漕《こ》ぎ出し、篝火《かがりび》を焚いて、そこに集まってきた鮎《あゆ》などの魚を、飼いならした鵜に捕らせる。元来は『万葉集』にも見られる古い漁法のうちの一つであり、今では「伝統漁法」の名の下《もと》に、観光としても行われている。

暗闇の中、明々と焚かれた松明《たいまつ》の火が美しい。鵜を操《あやつ》る鵜匠《うしよう》の独特の掛け声が響く。観光の鵜飼では、見事に鮎を捕った鵜に観客からの歓声《かんせい》が上がるが、大勢の観客がいるわけでもない鵜飼は、極《きわ》めて静かに進められていたであろう。火影が水面に映ってゆらゆらと揺れる様《さま》は、まさに幻想的であり、厳《おごそ》かでさえある。

そんな情景から、鵜飼は夏の歌*としてよく歌に詠まれている。多くは瀬を下る鵜飼舟の篝火に、焦点が集まっているのが普通だ。

しかし、この歌はどうであろう。単に篝火に視点が向けられているだけではない。川面《かわも》に映る篝火にこそ、眼目《がんもく》がある。鵜飼舟が川底に棹差《さお》して、上流に溯《さかのぼ》る、しかし、川面の白波に映った火影は、舟とは逆に川下に下ったかのように見えるというのである。川瀬の、静かではあるが流れの速さ、遡《そ》上《じょう》の力強さ、流れに流されて、従うかのように下流に下るかに見える水面の火影、この二つの動きが、舟の動きをより大きく、ダイナミックにする。暗闇の中に火影の赤と川波の白。為世が把《とら》えた新しい視点である。

今、眼前に展開する風景は、夏でありながら涼《すず》しく、静かでありながら躍動感を持ち、暗闇でありながら明るく、厳かでありながら晴れ晴れしい。不思議な視覚で、見るものを幻想的な世界へと誘《いざな》う。

*夏の歌として―例えば新古今集・夏・二五三の藤原俊成の歌、「大井河かがりさしゆく鵜飼舟いくせに夏のよをあかすらむ」など。

08

風寒《さむ》み誰《たれ》か起きゐて浅芽生《あさぢふ》の露の宿りに衣《ころも》打つらむ

【出典】新浜木綿和歌集・秋

風が冷たくなってきたので、誰かが起きていて、荒れ果てた雑草に露が降りた寂しい家で衣をうっているようだ。

【詞書】内裏《だいり》にて庚申《こうしん》の夜、人々、歌合し侍りけるに、風前擣《とう》衣。

【語釈】○浅芽生―チガヤの類。ヨモギの蓬生とともに雑草として荒れはてた庭を象徴する。

『新浜木綿集《はまゆふ》』などという歌集は、国語の文学史の教科書をひっくり返しても恐らく載《の》ってはいない。鎌倉時代に良宋《りようえい》という人物によって編《あ》まれた歌集であるが、現在では伝わっていない歌集なのである。これまでに作られた古典作品の総数は、知るべくもないが、それら作品の多くが、時代の彼方《かなた》に消え去ってしまった。ちなみに平安時代から鎌倉時代に掛けての物語の現存率などは、多くとも十*パーセント以下。残っているほうが稀《まれ》なのである。

＊十パーセント以下―例え

では、どのようにしてこの散佚《さんいつ》作品の存在を知るのかというと、他の書物に、作品名とともに引用されていることや、古筆切《こひつぎれ》と呼ばれる本の断片からその存在がわかることがある。日本の古典文学作品は、例外なく書き写されること、すなわち書写によって伝えられてきた。しかも、ただ作品を書き写すというのではなく、美しい紙に美しい文字で書写することで、平安以来の雅《みやび》を表現しようとした。古くに書かれた筆跡を古筆という。

室町時代の終わりごろから、この古筆の鑑賞が流行した。京の都を炎で包んだ*応仁《おうにん》の乱を経《へ》て、書物の多くは灰燼《かいじん》に帰した。古筆鑑賞は、心の平安を求め、失われた文化を尊ぶ上では自然な成り行きであろう。しかし、求める人の数に比べて残された遺品は余りに少ない。一冊の本であれば、一人の所持者を満足させるのみである。しかし、本の一頁一頁をバラバラにすれば、より多くの人の欲求を満たすことができる。こうして、人々の美に対する欲求を満たすために、残っていた美しい書写本は、解体され一葉一葉の断簡にされてしまった。これが古筆切である。この中には、平安時代に書写された平安時代成立の作品、鎌倉時代に書写された鎌倉時代成立の作品の断簡などがあり、極めて貴重な文化資料、文学資料となっている。

ば、鎌倉時代に創り物語の歌ばかりを集めて編まれた風葉《ふうよう》集には、二百を越える物語名がみられるが、現存する鎌倉時代以前の創り物語は二十作品ほどしかない。

＊応仁の乱―細川勝元の東軍と山名宗全の西軍が諸大名を率い京都を中心に対抗した十一年にも及ぶ大乱（一四六七―一四七七）。

この古筆切を集めて、同じ筆跡、同じ書式、同じ紙に分類し、元の姿を復元しようという地道で重要な作業がある。困難ではあるが、パズルの一ピースピースを組み上げていくような、はたまた恐竜の化石を復元するような、歴史ロマンの鍵を解《と》くかのようなスリリングな楽しさがある。

さて、東京上野の国立博物館所蔵の古筆切の中に、「新浜木綿和歌集」という書名の残る巻頭部分の古筆切が一葉ある。このツレ*の断簡があちらこちらに数枚伝わっていて、その中の一葉に、ここに掲出した為世の歌が発見された。他の歌集には見出すことのできない、いわば為世の幻の歌である。では、時代の狭間《はざま》から奇跡的に拾い上げられたその一首をみてみよう。

詞書にある「庚申《こうしん》」というのは、干支《えと》*の一つ。昔は、年毎《としごと》の干支だけではなく、一日一日の干支まで、暦《こよみ》が人々の生活に浸透していた。この庚申の夜、人の体中にすむ三尸《さんし》という虫が、寝ている人の口から抜け出して、その人の罪を天帝《てんてい》に告げ口するという俗信があった。そのため、人々は、庚申の夜は一晩中、寝ないで夜明かしをしたのである。ただ起きていても仕方がない、何か行事でも、ということで、歌合《うたあわせ》が行われることも多かった。歌合とは、今の紅白歌合戦の和歌版だと思えばよい。左方《ひだりかた》と右方《みぎかた》に分けて和歌

*ツレ―元々同じ書物から切り離された断簡。互いに連れの関係にある。

*干支―十干《じっかん》（甲・乙・丙・丁・戊・己・庚・辛・壬・癸）と、十二支（子・丑・寅・卯・辰・巳・午・未・申・酉・戌・亥）。あるいはその組み合わせ。もともとは「干支《かんし》」といった。

を詠み合い、勝敗を競《きそ》う遊戯である。

題は「風前擣衣《ふうぜんのとうい》」。擣衣というのは、冬の準備のために、砧《きぬた》という棍棒のようなもので、衣を打ってしなやかにし、つやを出すことをいう。

ついでに、文法的な説明は毛嫌いされるかも知れないが、ガマンしていただこう。「風寒み」のように、形容詞の語幹に「み」がつくと、「〜が……なので」という理由となる。よって、「風が寒いので」の意味。

秋も深まり、風の寒さ、冷たさは、そろそろ冬の予感を思わせる。浅茅《あさじ》*が生えているような荒れ果てた家、その家の庭の雑草には、秋の深まりを知らせる露が降《お》りている頃である。冬支度《ふゆじたく》のために衣を打つ。木の台の上に衣を置き、砧《きぬた》でたたく。コーン、コーンという音が辺《あた》りに響き渡る。その音が、どこからともなく、秋の風に乗って聞こえてくる。

冬の近づきを感じさせる秋の夜に、遠くから、秋風に乗って、そこはかとなく寂しげな響きに聞こえてくる擣衣の音*が、より秋の深まりと物悲しさを引き立てる。その渦中《かちゅう》に置かれた見知らぬ人を、自らに置き換えてその風景に身を投じ、一層の物悲しさを体感しているのである。

*浅茅―丈の低いチガヤ、あるいはそれがまばらに生えている様子。

*擣衣の音―こうした情景をよく伝えてくれる歌に、新古今集の藤原雅経の歌に「み吉野の山の秋風さ夜ふけて古里寒く衣打つなり」（秋下・四八三）という名歌がある。

09

まれにだに逢はずはなにを七夕《たなばた》の年月《としつき》ながき玉の緒《を》にせむ

【出典】続後拾遺和歌集・秋上・二五六

もし稀にさえも逢わないとするならば、一体牽牛と織姫の二人は何を長い年月の間、恋をし続ける命としようか。

【詞書】正安三年七月、内裏に七夕七首歌奉りける時。

【語釈】○玉の緒―命を玉を貫く紐にたとえたもの。

七夕《たなばた》伝説を知らない人はいないだろう。牽牛《けんぎゅう》と織姫《おりひめ》とが年に一度、七月七日の夜にだけ、天の川を渡って逢《あ》うという、ロマンティックな伝説。その際、カササギという鳥が羽を並べて掛けた橋を渡っていくともいう。中国の七夕《しちせき》が、日本では織姫を「棚機《たなばた》つ女《め》」と称したところから、「七夕」と書いて「たなばた」と読ませるようになった。

現在では照明や大気汚染などで、天の川が見られないのは残念である。しかも、太陽暦での七月七日は、梅雨の最中で、曇りや雨の夜が多い。しかし、太陰暦での七月七日は、現在の暦《こよみ》では八月初旬から中旬頃。古《いにしえ》の人々は、天の川を挟《はさ》んで美しく光り輝く二つの星を見上げたことであろう。

七月というと夏の夜のイメージがあるかもしれないが、古典では一～三月が春、四～六月が夏、七～九月が秋、十～十二月が冬だから、七夕は秋の季節。感傷的な秋に、ロマンティックな伝説。七夕が単なる秋の風物としてだけではなく、恋の歌*にも多く詠まれるのは、当然のことである。

ちなみに、七月の異名《いみょう》は「文月《ふみつき》」。これは、七夕によそえて恋人達がラブレター、恋文を交し合う月であるがために「文月」という。

さて、この歌。一年に一度だけ、稀《まれ》にしか逢えない牽牛と織姫。この年に一度の機会さえ逃《のが》してしまったとしたならば……という発想が面白い。その後の一年を生きるための心の支えなどありはしないのでないか、と言うのである。一体何を、長い年月を恋し続ける生き甲斐《いがい》とするのだろうか。

私ならば耐え切れない、とでも言いたげである。秋に部類される歌であり、殊更《ことさら》に恋の気分を醸《かも》し出して鑑賞する必要はないが、恋の思いを投影させているとみて間違いなかろう。

＊恋の歌にも―万葉集以来、多くの歌人は、牽牛や織姫の身になって、その恋の逢瀬の喜びや悲しみをうたってきた。たとえば「天の川川門《かはと》に立ちて我が恋ひし君来ますなり紐解き待たむ」(万葉集・巻十・二〇四八)など。

10

むら雲の浮きて空ゆく山風《やまかぜ》に木《こ》の葉残らず降る時雨《しぐれ》かな

【出典】続拾遺和歌集・冬・三九三

むら雲が浮かんで空を行く、その山風に、木の葉を残らず散らして降る時雨であるよ。

【詞書】百首歌めされしついでに。

【語釈】○むら雲—叢雲と書く。むらがり立つ雲。○時雨—秋の末から冬の初めにかけてふる通り雨のような雨。

冬の空らしい厚い雲。その雲を風が吹き動かしている。あの重そうな雲を吹き動かす風である、上空ではよほど強い風が吹いているに違いない。地上にも冷たい風が吹く。その風が冬枯《ふゆが》れた木々の葉をみな残さず散らしてしまった。そして、木の葉を降り散らせ、冷たい時雨《しぐれ》が降っている。冬もそろそろ本格的になってきた。

冬の冷たい北風を木枯《こが》らしという。文字通り、木々を枯らしてしまう、という意。北風が吹く頃、人々は冬の寒さと冷たさとを肌で感じるとともに、いよいよ、目に見える形で冬がやってきたことを実感する。風は目に見えない。しかし、その目に、見えない風が木の葉を散らし、時雨を降らせる雲を動かし運んでくる。それらの現象を視覚的に感知させるからこそ、目視《もくし》できぬ北風が吹くことを、視覚に変換する。

近代において知られている童謡『たき火』では、

北風ピープー吹いている

『北風小僧の寒太郎』などでは、

ヒューン、ヒューン、ヒュルルーンルンルンルンルン

というように、北風は、音を伴《ともな》って表現されることが多い。ところがこの歌には、静寂《せいじやく》さえもが感じられる。音を喚起《かんき》させない。しかし、聞こえはしないが確かに、音はしているはずで、音を感じていないだけなのである。まるで無声映画のように、映像だけが展開していく。「むら雲」という遠景と、冬枯れの立ち木、今ここに降る時雨という近景。ロングショットから、近景を経て作者の許に近付く映画のカメラワークのように、視点を変える。これをプロローグとして、ここから「冬」というドラマが展開される。

11

空はなほまだ夜《よ》ふかくて降り積もる雪の光に白む山の端《は》

【出典】玉葉和歌集・冬・九九八

空はまだ夜深いままでありながら、山頂に降り積もった雪の光のせいか、白《しら》んでいる山の端である。

【詞書】夜雪。

誰もが知っている唱歌『蛍の光』。

蛍の光　窓の雪　ふみ読む月日　重ねつつ　……

「＊蛍雪《けいせつ》」。夏の夜は蛍を集めてその光で勉強し、冬の夜は窓に降り積もった雪明りで勉強するわけである。現代では死語になってしまったのかもしれないが、『蛍雪時代』などという学習雑誌もある。

ともあれ、雪明りである。冬の深々と雪の降り積もった夜間、外に出てみ

＊蛍雪―蛍雪の功ともいう。晋《しん》の車胤《しゃいん》が蛍の光で書を読み、孫康《そんこう》が雪明かりで本を読んだという晋書《しんしょ》に載る故事から出た言葉。

て欲しい。特に明かりがあるわけでもないのに、周《まわ》りの風景がよく見える。雪の白さが映し出す風景である。黒い色は、光を吸収するが、白い色は光を反射する。雪の白さにわずかな光が反射し合って、薄明るく見えるのである。余談ではあるが、「白い肌がまぶしい」というのも、うなずけるところである。

さて、人里では、冬とはいえ、まだ雪が降るほどではないが、山の頂《いただ》き付近ではもう雪が降っている。山頂付近にのみ積雪が見られる。空は暗闇であるにも関《かか》わらず、山の端《は》が、そこに降り積もった雪の、雪明りのせいで、ぼんやりと白《しら》んで見えるというのである。

ここで「白む」という言葉で表現されているが、果たして、「白んでいる」のであろうか、「白みがかってくる」のであろうか。ここは、まだ夜更《よふ》けであって、朝日は関係ない。白みがかってくるという動きは考えなくともよいだろう。まるで朝日が昇るに際して白みがかってくるかのように、まだ夜更けなのに、雪明りのために山の端が白んで見えるとみるのがよかろう。

「暗いのにほの明るく見える、夜中なのに夜明けのようだ」と解するところに、相反《あいはん》するものを一所《ひとところ》に見る面白みがある。

12

風さゆる宇治《うぢ》の網代木《あじろぎ》瀬《せ》を早み氷《こほり》も波も砕《くだ》けてぞ寄る

【出典】風雅和歌集・冬・八七三

—風がいかにも寒々しく吹きよせる宇治川の網代木《あじろぎ》に、流れが早いので、氷も波も砕けて打ち寄せていることよ。—

いかにも冬らしい自然の風景を詠んだ歌を一首。人は自然の中に美を見出《みいだ》しただけではなく、その自然の厳しさ、荒々しさをも受け入れていた。「おそれおおい」などという言葉があるが、強大な力を持った抗《あがら》えぬものに対して恐れる気持ちと、それを敬《うやま》う気持ちとは、同じなのである。

*柿本人麻呂の有名な歌に、

*もののふの八十《やそ》宇治川の網代木にいさよふ波の行方《ゆくへ》しらずも

【詞書】文保三年後宇多院へたてまつりける百首歌の中に。

【語釈】○瀬を早み—「〜を＋形容詞の語幹＋み」で、「〜が…ので」の意味になる。

*柿本人麻呂—万葉集歌人。

天武・持統天皇に仕え、後世「歌聖」として仰がれた。

*もののふの八十宇治川の…―新古今集・雑中・一六五〇に「題知らず」として載る。

という歌がある。「もののふ」は武士のことであるが、多くの氏《うじ》があることから「八十《やそ》」に掛かる枕詞となった。「武士の八十氏」というわけである。その「うじ」から今度は「宇治川」につなげる。宇治川には魚を取るための網をはる杭《くい》が打ち込んであるが、これが網代木《あじろぎ》。水面から突き出ている。そこに水の流れが当り、停滞《ていたい》しているかのように見える。この水を見ながら「どこへ流れていくのかなあ」と、自身の生涯を重ねて、来し方行く末を思うのである。

為世のこの一首を見ると、誰もが人麻呂の歌を思い起こしたはずである。人麻呂の歌には、ゆったりとした悠久《ゆうきゅう》の時が流れている。しかし、為世は、その宇治川に全く異なった一面を見出してみせた。宇治川が一転、厳しさを見せる。冬も深まり、水面《みなも》には氷も張るようになる。「いざよふ」として停滞感を見せていた川の水も、今や激しい流れに変わっている。氷も波も砕け、網代木にぶつかるように打ち寄せる。冬の厳しさを感じさせる。

さて、為世は、人麻呂の歌をうまく利用しただけではない。「氷」は、「氷《ひ》魚《を》」を想起させる。この魚、宇治川の網代漁でとれる名産。また、「寄る」は「網代」の縁語《えんご》。文芸としての和歌の工夫を忘れてはいない。

13

堰《せ》かでただ心にのみぞ忍《しの》ばまし袖《そで》の涙のなき世なりせば

【出典】続後拾遺和歌集・恋一・六六二

堰《せ》きとめることもしないで、ただ心の中だけで忍んでいたいものだ。もし、袖の涙というものがない世の中であったならば。

【詞書】嘉元百首歌奉りし時、忍恋。

古典文法の知識を一つ。「…ましかば〜まし」「…せば〜まし」というのを聞いたことがあるだろう。「もし…ならば〜のに」という意味。事実に反する、本来的ではないことを提示し、あくまでも現実ではない、仮《かり》の想定を示す。事実に反することを仮に想定するというので「反実仮想《はんじつかそう》」という。身の回りでも、日常的に多く使われているのではないだろうか。「ちゃんと勉強していれば、赤点を取らずにすんだのに」とか、「告白なんてしなければ、フラれずにすんだのに」とか。古歌《こか》から一つ二つ。

世の中に絶えて桜のなかりせば春の心はのどけからまし

もし、世の中に桜というものが無かったならば、春、人の心はさぞかしのどかであろうに、桜があるばっかりに、今咲くか、もう散るかなどと、落ち着かないというのである。

偽りのなき世なりせばいかばかり人の言の葉うれしからまし

もし、「偽《いつわ》り」のない世の中であったならば、あの人の言葉がいかにうれしかったことか。しかし、現実には、嘘、偽りの多い世の中。あの人の言葉を素直に受け取って喜ぶことができない。

詞書にいう「忍恋《しのぶこい》」というのは、人知れず密《ひそ》かに相手を思う恋心。この歌では、「袖の涙」として、涙を拭《ぬぐ》う袖を登場させることで、現実に流れ落ちる涙の存在を明確にする。その涙のせいで、感情が表出してしまい、人に知られてしまう。心の中の涙であれば、拭う必要はない。涙などというものが実際に流れたりしなければ、心の中だけで止《と》め処《ど》なく溢《あふ》れる涙を堰《せ》き止めることもせず、人知れずあの人のことを思い続けていたいのに。

反実仮想は、非現実を想定せねばならぬほどの切実な思いなのである。

*世の中に絶えて桜の……——古今集・春上・五三・在原業平の歌。

*偽りのなき世なりせば……——古今集・恋四・七一二・詠み人しらずの歌。

14

今はまた飽《あ》かず頼《たの》めし影も見ずそことも知らぬ山《やま》の井《ゐ》の水

【出典】続拾遺和歌集・恋二・八六七

今は、再び、満足することもなく頼りとし続けてきたあなたの影も見えません。あなたはあの、どこともわからない、底の見えない山の井戸の水のようです。

【詞書】契隠恋といふことを。

詞書にある「契《ちぎ》りて隠るる恋」というのは、男女が一度契りを交わしておきながら、姿を隠《かく》してしまったような恋愛をいう。姿を隠す男のほうは、その時には甘い言葉をささやき、女を恋に落としておきながら、ほんの遊びだったといわんばかりに姿を消し、後は知らんぷりというのだからたちが悪い。女にとっては、契りは交わしたものの、相手に対して、まだ何の満足も得ていない。相手を探し出したい気持ちであろうが、それも叶《かな》わない。「どこへいってしまったの。どうしているの。なぜ来てくれないの。あの言葉は嘘だったの。」と、嘆き悲しむよりほか術《すべ》はない女の立場からうたった歌だ。

この歌、恋の歌であることはわかるが、下《しも》の句《く》の理解がしづらい向きもあるかもしれない。次の本歌《ほんか》が踏まえられているからである。

*結《むす》ぶ手の雫《しづく》ににごる山の井の飽《あ》かでも人に別れぬるかな

という、*紀貫之《きのつらゆき》の歌である。すくった手から滴《したた》り落ちる雫《しずく》で、水が濁《にご》ってしまい、満足するまで飲めない山の中の湧《わ》き水。そのように、十分満足するまでお目にかからないうちに、お別れですね、といった程度の意味。面白いのはこの歌、『古今集』では「離別《りべつ》」の部に入っているが、『*拾遺集《しゅうい》』にも重出《じゅうしゅつ》しており、そこでは「雑恋」の部に、すなわち恋の歌として採られているのである。同じ歌でも、解釈が分かれるゆえんである。

為世の歌は、恋の歌にこの貫之の詠を利用する。たった一度の契りで姿を隠してしまったあの人。まだ十分にお慕《した》いさえしていないのに。今は、「どこ」とも「そこ」ともわからない。この「そこ」が、「底」浅い山の井を導《みちび》く。もう一度会いたい、満足するまで会っていたいという思いが、貫之の歌をうまく利用して描き出されている。

*結ぶ手の雫ににごる…—古今集・離別・四〇四、及び拾遺集・雑恋・一二二八。

*紀貫之—古今集撰者の一人。古今集の仮名序や土佐日記を書いた。

*拾遺集—寛弘二〜三年（一〇〇六—一〇〇七）頃に成った三番目の勅撰和歌集。花山院の親撰とされ、藤原公任の拾遺抄を増補させたもの。

15

言《こと》の葉はつらきあまりに枯《か》れぬとも冬野の真葛《まくづ》なほや恨みむ

【出典】続後拾遺和歌集・恋四・九六二

つらさのあまり言葉には出さなくなったが、それでも冬の野に這う葛《くず》の葉の裏を見るように、あなたを恨みます。

【詞書】嘉元百首歌奉りし時、恨恋。

詞書にあるように、この歌の題は「恨《うら》む恋」。二人の仲が順調であれば、恨む、ということもなかろう。そこは推《お》して知るべしというところである。

当時の男女の逢瀬《おうせ》について少し、触れておこう。為氏の16でも述べたが、今と違って、女性が男性に顔を見せるなどということは、まずない。では、男女がどのように出会って恋愛をするのかといえば、まず一つにはうわさ。「あの家に、年頃の女性がいるそうだ」といううわさ。あるいは、音。琴の音などが聞こえてきたりすると、「おや、ここには若い女性がいるようだ」と知るわけである。

次に、手紙。男は女に、手紙を送る。むろん直接ではない。取次ぎの者に託すのである。そこに和歌が登場する。古典の世界で「よき人」といえば、身分が高くて教養がある人のこと。今でも、お見合いを勧《すす》める時などに「いい人がいるのよ」などというようであるが、結婚の対象者としての「いい人」は昨今と変わらない。身分が高くて教養のある人であれば、不足はない。男は、手紙でそれを示さねばならない。紙や墨の質からその人がお金持ちかどうかがわかる。すなわち身分が判《わか》るわけである。また、書かれた和歌から、その人の教養の度合いが判る。女は、そこから判断して、返事を書くことになる。返ってきた返事から、男はまたそのやり取りを続けるか否《いな》かの判断をするのである。まともな返事もできないような人だったら、駄目。*『古今集』の仮名序で、歌の効用として「男女の仲をもやはらげ」などというのは、ラブレターの役割を果たした和歌のことを言っているのであるが、こういういきさつがあったわけである。

女性のほうでは、その周りの人々も必死。逃《のが》してなるものか、と思うよう

*古今集の仮名序―「力をも入れずして天地《あめつち》を動かし、目に見えぬ鬼神《おにかみ》をもあはれと思はせ、男女《おとこおんな》の仲をも和《やは》らげ、猛《たけ》き武士《もののふ》をも慰《なぐさ》むるは歌なり」とある。

な男性から手紙が来たのに、お嬢様はその気がない。あるいは、能力からか、和歌でちゃんと返事ができない。お嬢様のお相手次第で、自分達の運命も決まる。何とか書かせたり、あるいは、代わりに乳母などが書いたり、などということもあったようだ。こんな場合は、男にとってもたまったものではない。ただ、それらを含めて、恋の駆け引きだったのである。

こういうやり取りがしばらくあって、「今夜は、門の閂《かんぬき》をあけておきますから」とか、「縁側に藁座《わろうだ》を敷いておきますから」などと徐々に近付いていって、部屋の中へ。こうして男女の恋愛が進行していくのである。

もう少し、いってみよう。部屋に入っても、男女が直接、相見《あいまみ》えるというわけではない。当時の貴族邸宅《ていたく》は、一つ一つの部屋が大きく、そこを屏風や簾《すだれ》で仕切って使っていたのである。だから、実はまだ「会って」いないのである。仕切りの中に入って、やっと二人は結ばれる。しかし、時は夜。相手の顔もわからず、などということは珍しいことではなかったらしい。あの『源氏物語』でも、主人公光源氏は、末摘花《すえつむはな》という女性と結ばれるが、朝になって「わたしとあなたとは、もうただの間柄《あいだがら》ではないのですから、どうぞ、顔を見せてください」などといっている。で、見てびっくりした。

＊藁座—「わらざ」とも。藁で渦巻状に編んだ円形の敷き物。

＊末摘花—非常に不美人として描かれている。

ここで初めて「会った」、相手の顔を「見た」のである。古典の和歌を詠む際は、この「見る」とか「会う」という言葉に気をつけてほしい。『百人一首』にもある歌、

　＊あひ見ての後《のち》の心に比《くら》ぶれば昔はものを思はざりけり

「二人が出会ったあとの気持ちと比べてみると、以前はもの思うなんてことはなかったわ」だと、少女マンガのようであるが、「二人が結ばれたあとの……」とみればどうだろう。大人の恋愛である。

さて、為世の歌。あの人に対する恨み言をいう。現在ならば、どこかで会って、面と向かって恨み言を言うという状況もあるであろう。電話で言葉を伝えるということもあろう。しかし、ここまで述べたように、男が女の許《もと》へ通っていくのが逢瀬《おうせ》の形態である昔のこと、もうあの人は来るはずもない、直接会って話をする機会などないのである。それでも恨みの言葉は出てきていた。ところが、当《あ》て所《ど》もない言葉の虚《むな》しさ、もうその言葉も枯れ果ててしまったというのである。冬の野に這《は》う葛《くず》は、荒涼《こうりょう》としたイメージ。荒涼とした心のその裏側にあるもの。葉の「裏見《うらみ》」を「恨み」に掛ける。もう言葉はない、それでもなお、心の中で恨むのである。

＊あひ見ての後の心に……―拾遺集・恋二・七一〇・題知らず・権中納言敦忠の歌。

16

数《かず》ならぬゆゑと思へば立ち返り人の咎《とが》にも身をぞ恨むる

【出典】玉葉和歌集・恋四・一七六四

自分が人の数でもないと思うので、根本に立ち返って、あの人が私にした恋の仕打ちについても、わが身のことを恨んでしまうことよ。

【詞書】恋歌の中に。

恋は誰のせいか。成就《じようじゆ》しなかった恋愛、終焉《しゆうえん》を迎えた恋愛、つらく苦しい恋愛がある。そのつらさ、苦しさに身を沈め、悲しみに浸《ひた》る。歌の題の中にも「恨恋《うらむこい》」などというのがあるくらいだから、あの人を恨めしく思う気持ちが生じるのはむしろ、当然のことである。

『百人一首』にもある有名な清原元輔《もとすけ》*の歌、

契りきな互《かた》みに袖をしぼりつつ末《すゑ》の松山波越さじとは*

*清原元輔―後撰集の撰者（梨壺の五人）の一人。清少納

「約束したよね。二人で泣きながら。あの末の松山を波が越えることはないって」。果たされなかった二人の約束。「末の松山」は東北の歌枕であるが、普通は山を波が越えることなどありはしない。これは、絶対起こらないことの喩《たと》え。あとは無理に現代語訳する必要もあるまい。

しかし、一転、この段階を超えたというのだろうか、恨む対象が自分になる場合もある。昔の歌謡曲に、

電信柱が高いのも　郵便ポストが赤いのも　みんなわたしが悪いのよ

なんてフレーズがあったが、妬《や》けになって「どうせわたしが悪いのよ」というわけではない。あくまで静かである。あの人を恨んでも仕方がない。全て自分のせいなんだ。あの人に心変わりされるくらいだもの、わたしなんて、人の数にさえ入らないほどの人間なのだ。だからこそ、あの人は去っていった。あの人が悪いんじゃない。恨むべきは私自身。

現在とは比べものにならないくらいに、仏教的思想が根強かった昔、人々は、現世《げんせ》での出来事は、全て前世《ぜんせ》からの因縁《いんねん》によるものと考えた。前世における自身の持つ業《ごう》。そんな業を背負った人間であることを、自ら恨むほかないのであろうか。それでも人は恋をするのである。

＊契りきな互みに……――もとは言の父（九〇八―九九〇）。後拾遺集・恋四・七七〇に載る歌。「互みに」はたがいに、ということ。

17

なほざりの契《ちぎ》りばかりに長らへてはかなく何を頼む命ぞ

【出典】玉葉和歌集・恋五・一七四八

仮りそめの契りを交わしたばかりに、こうして生きながらえて、はかなくも何を頼みとしているわが命であろうか。

【詞書】題不知。

『古今集』以降の歌集では、単に歌を集めて一書《いっしょ》となすのではなく、その歌集そのものが一つの作品として鑑賞できるように工夫がされている。それが、部立《ぶだて》であり、配列である。歌を季節、恋、旅などに分類、さらに素材などによって再分類する。そして、同じ素材でも、例えば桜の歌ならば、咲く前から散った後へと、時間軸によって連続させることで、我々は、古《いにしえ》の人々とともに、その様相が眼前に展開するかのように鑑賞できる。また、言葉の連鎖《れんさ》なども随所《ずいしょ》にみてとることができ、「なぜ、この歌の次にこの歌なのだろう」などと考えながら歌集を読み進めてみるのも、面白い。

恋の歌といっても、ただ恋愛の歌が並ぶだけではない。まだ会ってもいないのに噂だけでする恋、一度会っただけの恋、徐々に燃え上がる恋、少しずつその恋に不安を抱《いだ》き、なかなか来てくれない心変わりを疑う。待てど暮らせどあの人は来ない。そして終焉《しゅうえん》。嘆《なげ》き、諦《あきら》め、慰《なぐさ》め、来世《らいせ》への希望といったすべてがある。陳腐《ちんぷ》な恋愛ドラマなんかより、よほど気が利《き》いている。

さて、『玉葉集《ぎょくようしゅう》』*では巻九〜十三までが恋の歌に充《あ》てられているが、これは巻十三「恋五」に収められる歌。「五」すなわち、幼く甘くときめくような恋などではなく、凄《すさ》まじいまでのいわば、大人の恋の終盤《しゅうばん》をよむ。

ふとしたことから始まったこの恋。あの人と仮《か》りそめにも契《ちぎ》りを交わしたりしなければ、こんな思いはしなかったはず。しかし、もう遅い。既に生き甲斐となるまでに成長してしまっていた、その恋が終わったのである。「わたしって、何てばかなんだろ。来てくれるはずも無いのに。でも……」。それでも、もしかしたら、という思い。その無垢《むく》ともいえるほどの純真な思いのみが、命の頼みの綱なのである。

*玉葉集―鎌倉時代の中期に編まれた第十四番目の勅撰集。京極為兼が撰し、京極派和歌を代表する撰集となった。

18

この里は山陰《やまかげ》なればほかよりも暮れ果てて聞く入相《いりあひ》の鐘《かね》

【出典】玉葉和歌集・雑三・二二〇五

この里は山の陰になっているので、ほかの場所よりもすっかり日が暮れ果ててから聞くことになる、寂しい入相の鐘よ。

【詞書】嘉元百首歌に山家を。

【語釈】○入相の鐘―寺で夕刻を告げるために鳴らす鐘。

普段、自分の置かれている環境には気づきにくいものである。殊《こと》に、日常生活に関しては、むしろそれが当たり前となっていて、他との比較などはしないし、違いなどは考えもしない。

文学は、非日常を描く。例えば恋をしたとなれば、それは非日常に転じる。非日常が感動を生じさせる。その感動が、文学を生み出す。文学の享《きょう》受《じゅ》者は、他人の非日常によって生じた感動を、自分の感動として享受し、共感する。享受者は、本来その感動を得ていなかったにもかかわらず、非日常を追体験する。煽《あお》り文句に「日常を描いた」などとされていても、その日常はやはり特殊である。日常的な、余りに日常的な無感動を描いたとしても、日常的であることに気づいた時点でそれは、非日常なのである。これまで気づかなかったことに気づいた時、そこに感動が生まれる。

和歌によく使われる詠嘆《えいたん》の「けり」。これは「気づき」を表すともいわれる。それまで、周りに当たり前のように存在していても、その良さ、美しさなどにふと気づく。「ああ、そこに、そんな風に存在していたんだな」と。

自分の住んでいる里は、日が沈む頃、山の陰になる。いつものことであるる。しかし、夕暮れになる鐘、入相《いりあい》の鐘の音を聞いたとき、ふと気づいたわけである。夕暮れとはいえ、ここでは、山陰になって、ほかの場所より日暮れが早いではないか。日が暮れ果ててから聞いていたのだなあ。ほかの場所での夕暮れ、入相の鐘を聞くタイミングの違い。その違いに気づいたからこそ、そこに感動が生じたのである。

「日常詠《にちじょうえい》」、それは「日常の中の気づき」なのである、その実、それはやはり「非日常」なのである。

19

をのづからうき身忘るるあらましにあり慰《なぐさ》めて世をや過ぐさむ

【出典】玉葉和歌集・雑五・二五六二

自然とつらいこの身の上を忘れるような、先へのはかない予感に慰めを求めることで、かろうじてこの世を過ごしてゆくのだろうか。

【詞書】古き歌の詞にて、人々に千首歌詠ませさせ給うける時、「ありなぐさめて」といふ詞を詠み侍りける。

和歌といえば、いかにもシャチホコ張って、気取ったものばかりと考えるかもしれないが、遊び心の多いものもたくさんある。ただし、ただのお遊びではない。遊戯性があるとはいえ、そこは文芸として、歌人たちのプライドをかけた遊びであり、歌がまずくては参加できなかったり、和歌に関する教養がなくては十分に楽しめなかったはずである。昨今のスポーツやゲームも同様であろう。

あるいは、様々《さまざま》な試《こころ》みも行われる。ここでは、古い和歌の中に使われている詞を抜き出して、その詞を使って和歌を作るという試みである。詠むほうも工夫を凝《こ》らさねばならないし、詞を選ぶほうも、技量が要る。しかも、千首ともなると、大変なことであったろう。しかし、こうした様々な試みの結果が、和歌を多様化させ、向上させていったことも疑いない事実である。

この一首は、「ありなぐさめて」という一句を詠みこむというもの。『万葉集』にみられる句で、そこには、

かくしつつありなぐさみて玉の緒《を》の絶えて別ればすべなかるべし*

*在千潟《ありちがた》ありなぐさみて行かめども家なる妹《いも》いいふかしみせむ

とある。「あり」がちょっと判りにくいが、これは継続を表す接頭語。すると、文字通り、慰めてという意味になると思えばよい。憂《う》き世《よ》を過ごす慰みとして求められるのは、将来へのはかない希望。今がつらければ、きっとこの先、良いことがあるさ、などと思っていなくてはやりきれない。そのはかない期待感だけが、今の自分を慰めてくれるというのであろう。

将来への希望は捨てたくないものである。*芥川龍之介は「将来に対するぼんやりとした不安」を抱いて自殺した。捨ててしまえば、残るのは絶望。

*かくしつつありなぐさみて……―このように慰めあって、それで絶えて別れてしまったら、やるせないことでしょう（万葉集・巻十一・二八二六）。

*在千潟ありなぐさみて……―気を紛らわして行くのだけれど、家にいる妻はいぶかしむことだろう（万葉集・巻十二・三一六一）。

*芥川龍之介―小説家。鼻・羅生門・地獄変など作品多数（一八九二―一九二七）。

20

今ぞ知る昔にかへる我が道のまことを神も守りけりとは

【出典】増鏡・秋のみ山

今こそ、わかりました。私が奉ずる昔に立ち返った和歌の道の真《まこと》を、神様がこうして守ってくださったということを。

「四鏡《しきよう》」と呼ばれる歴史物語がある。すなわち『大鏡《おおかがみ》』『今鏡《いまかがみ》』『水鏡《みずかがみ》』『増鏡《ますかがみ》』の四作品である。このうち、『増鏡』に、為世に関わるエピソードと、為世が詠んだとされる和歌三首とが記されている。

その最初にくるこの歌は『続*千載集』撰進に関する話。為世は二度、単独で勅撰集を撰進した。一度目は『新後撰集*』そして、京極為兼《*きようごくためかね》の『玉葉*集』を挟んで、二度目に『続千載集』。俊成―定家―為家と続いた和歌の家

＊続千載集―為世撰の十五番目の勅撰和歌集。下命者は後宇多院。

＊新後撰集―為世撰の十三番目の勅撰和歌集。下命者は

が、為家の子の代で分裂、為氏《ためうじ》が二条家、為教《ためのり》が京極家、為相《ためすけ》が冷泉家《れいぜいけ》となった。鎌倉期の勅撰集は、この三家のうち、二条家と京極家の争いであったといってもよいほどである。特に為世と京極為兼との間では、勅撰集の撰進をめぐる熾烈《しれつ》な争いがあった。為世は後宇多上皇《ごうだじょうこう》の下命で『新後撰集』を編んだものの、伏見《ふしみ》上皇が次の勅撰集を下命《かめい》したのは、ライバル為兼であった。為世の落胆は激しかったことであろう。そして、また後宇多上皇の下命によって、再び撰者となったことで、為兼に対する妬《ねた》ましさも晴れたことであろう。為世は、玉津島《たまつしま》神社に参詣した。玉津島神社は和歌の神様。右は、そこで詠んだうちの一首である。先祖以来の歌の道に携《たずさ》わってきた自分を、神様が守り続けて下さったことが、再び撰集下命を受けたことで、今、はっきりとわかったというのである。そして編まれたのが『続千載集』であった。

時はやや下って後醍醐《ごだいご》天皇の代。*新たな勅撰集撰進を為世が受命した。が、既に二度も単独撰者となっているためであろうか、また、後継者として世間に知らしめる目的もあったのだろうか、息男《そくなん》の*為藤《ためふじ》に譲っている。為藤は、兄*為道《ためみち》が早くに亡くなったため、嫡子《ちゃくし》の立場にあり、しかも才覚のある

後宇多院。
*京極為兼―京極家の祖為教の男。革新的な歌風で知られる（一二五四―一三三二）。
*玉葉集―為世17に既出。

*新たな勅撰集―十六番目の続後拾遺集。為世が譲った息子の為藤が途中で没し、為世の孫の為定が後を継いで完成させた。
*為藤―為世の次男（一二七五―一三二四）。
*為道―為世の長男（一二七一―一二九九）。

人で、為世が『続千載集』を撰進した際にも助力したらしい。ところが、この為藤は、受命《じゅめい》の翌年、亡くなってしまうのである。為道に続いて、為藤までもが先立ってしまった。しかも勅撰集撰進の志半ばにおいてである。為世の悲しみは計り知れない。それを察して東宮邦良《くになが》親王から、

「おくれゐる鶴《つる》の心もいかばかり先立つ和歌のうらみなるらむ」という歌が贈られてきた。

和歌の道に秀《ひい》でていたご子息に先立たれ、残された親のあなたの心もどれほど恨めしいことかという歌である。歌枕「和歌の浦」が「恨み」を導いている。籠《かご》の中の鶴が夜、我が子を思って鳴くことを「夜の鶴」というが、鶴は子を思う親心を喩《たと》えていう。これに対する返歌《へんか》が、

*思へただ和歌の浦にはおくれゐて老いたる鶴《つる》の嘆く心を

ただただ、お察しくださいとしか言いようがない深い悲しみが伝わってくる。子を亡くしたという悲しみに加え、なぜせめて勅撰集が完成するまで待てなかったのかという嘆きまでが聞こえてきそうである。結局、勅撰集は為藤の甥《おい》、為世の孫にあたる為定《ためさだ》が引き継いで、『続後拾遺集』として撰進した。

この歌にはさらに後日談がつく。南北朝《なんぼくちょう》の動乱によって、人々の運命も

＊思へただ和歌の浦には……——お察し下さい、和歌の道を歩み、子に先立たれた、年老いた親鶴の心を（増鏡・春の別れ）。

翻弄《ほんろう》された。日本史の教科書を参考にしていただきたいが、為定は、大覚寺《だいかくじ》統《とう》系の廷臣《ていしん》であり、後醍醐天皇の頃には君寵《くんちょう》厚かったが、*元弘《げんこう》の変の後、持明院統《じみょういんとう》の光厳《こうごん》天皇が立つと、ひっそりと引き籠《こ》もることになる。すでに八十歳を越えていた老祖父為世は、後伏見《ごふしみ》院にお許しを願っていたが叶えられなかったために、次の和歌をもって重ねて奏上《そうじょう》した。

*和歌の浦に八十《やそぢ》あまりの夜の鶴の子を思ふ声のなどか聞えぬ

後伏見院からはすぐに御返歌があった。

雲の上に聞こえざらめや和歌の浦に老いぬる鶴の子を思ふ声

宮中とはまさに雲の上、天皇のおいでの場所は雲上《うんじょう》であり、天上である。この雲の上まで、どうして聞こえないことがあろうか。和歌の道に精進《しょうじん》してきた老人であるあなたの、子を思う泣き声を。為世の願いは聞き届けられたのである。

ここに掲げた為世の三首は、勅撰集などへの入集歌《にっしゅうか》とはやや異なり、実に赤裸々《せきらら》な為世の人間像をよく示してくれている。共通して「和歌」にまつわる詠《えい》であることから、歌の家の継承者たることが、為世のステータスであったことは疑いないといえるだろう。

*元弘の変―元弘元年（一三三一）鎌倉幕府討伐に立った後醍醐天皇が笠置に逃れたが捕えられて、さらに隠岐に流された事件。

*和歌の浦に八十あまりの…―和歌の道を歩んで八十歳にもなる老親が、夜の鶴のように子供を思ってなく声がどうして聞こえないのでしょう（増鏡・久米のさら山）。

歌人略伝

二条家の祖**為氏**は、貞応《じようおう》元年（一二二二）生まれ。父は藤原為家《ためいえ》。母は宇都宮頼綱女《つなよりじよ》。父方の曽祖父に藤原俊成、祖父に藤原定家を持つ。幼名を鶴若といった。最終官職は正二位権大納言。弘安《こうあん》八年（一二八五）に出家、法名を覚阿《かくあ》という。出家の翌年九月、六十五歳で没。十二番目の勅撰集『続《しよく》拾遺集』を単独撰した。また、『新和歌集』や『現葉集』という私撰集を編んだ。『続後撰集』以下の勅撰集に約二百二十首もの歌が入集している。なお、『大納言為氏卿集』という歌集があるが、これは、後人が為氏とその息為世の歌を集めたものである。父為家の後妻に阿仏尼《あぶつに》が入り、異母兄弟の為相《ためすけ》が生まれると、相続関係でもめることとなり、その結果、為家の死後、為氏は二条家、為教《ためのり》が京極家、為相は冷泉家に分裂した。

為世は、建長《けんちよう》二年（一二五〇）、為氏の子として生まれる。母は飛鳥井教定《のりさだ》女。最終官職は正二位権大納言。元徳《げんとく》元年（一三二九）に出家、法名は明釈《みようしやく》。延元《えんげん》三年（一三三八）八月、八十九歳で没。分裂した歌の家の争いに加え、時は大覚寺統・持明院統の両統迭立《てつりつ》の時代。勅撰集撰者の座を巡って京極為兼《ためかね》と対立し、『延慶両卿訴陳状《えんぎようりようきようそちんじよう》』という両者の論戦の跡が残されているが、十三番目の勅撰集『新後撰集』と十五番目の『続千載集』の二つの勅撰集を単独撰している。また、私撰集として『続現葉集』を編んだ他、歌論書に『和歌庭訓《わかていきん》』、家集に『為世集』がある。『続拾遺集』以下の勅撰集に百七十七首が入集している。

略年譜

年号	西暦	年齢	為氏の事跡	年齢	為世の事跡	歴史事跡
貞応元年	一二二二	1	誕生（父為家）			
嘉禄二年	一二二六	5	叙爵			
文暦元年	一二三四	13	左少将			新勅撰集成立
寛元元年	一二四三	22	河合社歌合に出詠			鎌倉の大仏完成
宝治元年	一二四七	26	西園寺御幸百首			宝治の合戦
建長二年	一二五〇	29	蔵人頭	1	誕生（父為氏）	
三年	一二五一	30	正四位下　参議	2	従五位下	続後撰集成立
正嘉二年	一二五八	37	権中納言			
正元元年	一二五九	38	関東に下向　新和歌集を撰集			
文応元年	一二六〇	39	正二位			
二年	一二六一	40	中納言　兼侍従	12	従四位左中将	
文永二年	一二六五	44	白河殿七百首			続古今集成立
四年	一二六七	46	権大納言			

弘安元年	一二七八	57	続拾遺集を撰進 この頃、現葉集	29	蔵人頭	続拾遺歌集成立
六年	一二八三			34	参議　従三位	沙石集成立
八年	一二八五	64	出家　法名覚阿			霜月騒動
九年	一二八六	65	九月十四日没			
正応四年	一二九一			42	正二位	
五年	一二九二			43	権大納言	
永仁元年	一二九三			44	伏見院、勅撰集を企画（中断）	
嘉元元年	一三〇三			54	新後撰集を撰進	新後撰集成立
四年	一三〇六			57	民部卿	
延慶三年	一三一〇			61	延慶両卿訴陳状	
正和元年	一三一二			63		玉葉集成立
元応元年	一三二〇			71	続千載集を撰進 この頃、続現葉集	続千載集成立 蝦夷反乱
嘉暦元年	一三二六			77	和歌庭訓を著す	
元徳元年	一三二九			80	出家　法名明釈	
延元三年	一三三八			89	八月五日没	足利尊氏征夷大将軍

解説　「伝統の継承者・為氏と為世―次世代への架け橋―」――日比野浩信

はじめに

古典文学において、常にその中枢にあったのは、いうまでもなく和歌であった。そして、和歌の中で何が最も重要視され、基準とされたのかといえば、他でもない、勅撰集である。勅撰集は、平安時代の『古今《こきん》集』に始まり、室町時代の『新続《しんしょく》古今集』に至るまで、実に約五百三十年、二十一代に及ぶ。国をあげて文芸に取り組んできたという事実は、この日本という国を知る上でも、重要な要素なのである。一国の首長たる人物が、直接文芸に携《たずさ》わるというのは、しかもそれが何代にも亘《わた》っているというのは、世界でも皆無で、世界遺産級の文化遺産であるといっても過言ではない。

1『古今集』以来の伝統を受け継いできた和歌は、2『後撰《ごせん》集』3『拾遺《しゅうい》集』4『後拾遺《ごしゅうい》集』へと受け継がれ、5『金葉《きんよう》集』6『詞花《しか》集』といった新風和歌の時代、さらにその見直しともいうべき7『千載集』の時代を経て、8『新古今集』へと至る。『新古今集』は王朝和歌の最終的到達点であり、伝統を重んじた和歌という文芸の一つの完成を意味するものでもあった。中世和歌の特色の一つは、その和歌の伝統と格式を踏襲《とうしゅう》し、保持することにあった。

本書で取り上げた為氏、為世親子は、ともに中世において勅撰集の撰者となった人たちであり、まさにこの和歌史の担い手であった。そこで、為氏・為世の和歌史的位置を確認するために、まずは勅撰集を通覧《つうらん》してみよう。

名前は大事である。大切なものに妙な名前は付けない。名付け親の心が表れる。勅撰集の名前を追っていくことで、その流れや影響関係を辿《たど》る事ができる。

名称に見る勅撰集の歴史—八代集

まずは第一の『古今集』。これは、当初「続万葉集」と名付けられる意図があったようである。しかし、『万葉集』とは時を違え、意識を異にする貫之らの意気込みが、単なる『万葉集』の続編と位置づけることに抵抗を示したのであろう。優れた歌であれば、「古」の歌をも、「今」のをも採り入れるというので、「古今」と名付けたのである。

次に『後撰集』。読んで字のごとく、「後に撰」んだもの。『古今集』あってこそのネーミングであり、『古今集』に継ぐものであることは明らかである。

第三の『拾遺集』は「残りを拾った」という意味。古今・後撰に入らなかった残りの良い歌を集めたわけである。ちなみに藤原公任《きんとう》撰の『拾遺抄』(十巻)は、この『拾遺集』の前身。

これら古今・後撰・拾遺の三集を「三代集」というが、明らかに『古今集』を意識、踏襲して付けられた集名であることがわかる。

次の『後拾遺集』はやや判断に迷う。「後から拾遺した」のか、「拾遺集の後編」なのか。

古い写本には「後拾遺和歌抄」とあり、公任の『拾遺抄』を意識したのかもしれない。ただ、この『後拾遺集』は、これまでは、しかるべき歌人が撰者であったのに対し、天皇の近臣であった藤原通俊《みちとし》が撰者になっている。勅撰集と政治の関わりがうかがわれ、勅撰集というものの意識が変化しつつあったことを示唆《しさ》しているようである。

次の『金葉集』『詞花集』の二集は明らかにネーミングのセンスが異なる。これまでとは全く異なった意識の表れである。『古今集』以来の伝統を踏襲してきた和歌は、そろそろマンネリの時期を迎えていた。伝統の踏襲だけではない、新たなものを創造していく必要に迫られた。三十一文字の規定は変えられない。そこで、新たな歌語《かご》を模索したり、従来とは異なる歌語の使い方をしたりする。「金の言《こと》の葉《は》」「詞《ことば》の花」という名称は、新たな和歌を求めた表れなのであった。

しかし、新風《しんぷう》がうまくいったか否かは、その後の評価を俟《ま》つしかない。次の『千載集』は、歴史を顧《かえり》みた歌集名である。「千載一遇」と同様、長い年月を指す。和歌の長い歴史を振り返り、反省を加えるわけである。このネーミングも異質ではあるが、異質の後の「回顧」なのである。撰者俊成は『古来風体抄《こらいふうていしょう》』という歌論書の中で、『万葉集』(古い時代には勅撰集と考えられていた)を含め、以下の勅撰集の秀歌をそれぞれに抄出・列挙し、各々の時代における、それぞれの歌集の良さを一覧できるようにしてみせている。このことは注目してよい。

さて第八番目の『新古今集』は、ただ『古今集』に立ち返って真似たわけではない。『古今集』の伝統に拠《よ》りながらも、新たな『古今集』を創作しようと挑《いど》んだのであった。「詞は古きを慕ひ、心は新しきを求め……」という定家の言葉が、これを顕著に表している。言葉の上では伝統的な和歌を踏襲しつつ、その内容は、これまでに詠まれていなかった新たな心情や世界観。まさに王朝和歌に一つの答えがここで出されたのである。

ここまでの八集が「八代集」。始発から踏襲、新風と回顧、そして到達。ここまでで一つの区切りであり、ここまでがまさに王朝和歌の歴史である。和歌の歴史が一巡《ひとめぐ》りしたといってもよい。

名称に見る勅撰集の歴史―十三代集

九番目の『新勅撰集《しんちよくせんしゆう》』は、まさに転換期。勅撰集に「勅撰」の名を当て、新時代の勅撰集というものの在り方そのものを見つめ直そうとした名前である。撰者定家は、『後拾遺集』に範《はん》を求め、君臣一体の勅撰集を目指したらしい。この9『新勅撰集』から10『続後撰集』・11『続古今集』・12『続拾遺集』・13『新後撰集』・14『玉葉集《ぎよくよう》』・15『続千載集』・16『続後拾遺集』・17『風雅集《ふうが》』・18『新千載集』・19『新拾遺集』・20『新後拾遺集』と続き、最後の21『新続古今集《しんしよくこきん》』までを「十三代集」という。集名を見て何か気づかないだろうか。そう、『続後撰集』以降は、『玉葉集』『風雅集』を除いて、旧来の歌集名に「新」「続」を冠したものばかりなのである。玉葉・風雅の名称が、他と異なるのは明白。この二集は、二条派に対立する京極為兼と、京極派の歌人たる光厳《こうごん》天皇がそれぞれ撰者であり、二条家の歌人ではない。明らかに異質なのである。つまりこの二集はかつての金葉・詞花と同様、従来とは異なる意義を持たせた「新風」なのである。

ところで、「新風」の後の「回顧」が、共にやはり「続」「新」を冠《かん》した「千載」であることは、注意してよかろう。伝統・新風・回顧の連環《れんかん》が、ここにも見られるわけである。また、「新」「続」を冠した金葉・詞花の書名が登場していないことにも気づく。新風というものが、旧来のものを踏襲せず、独自の新しさを求めたものであるということがわかる。

そして、結果的に勅撰集の最後を飾ることになった『新続古今集』。一つ一つの歌集について検討すれば、俊成が認めた和歌史観的な評価を与えるべきであり、それぞれの特色も、良さもある。しかし、大局的に見て、誤解を恐れずにいえば、最後の勅撰集の名に再び『古今集』が登場したということは、結局のところ、十三代集、ひいては中世の和歌そのものが、『古今集』以来の伝統から、大きく飛躍、脱却することはできなかったのである。中世以降の和歌がしばしば「形骸的」だといわれても仕方のない点があることは否めない。

ただ、形骸的であるということは、その形を何とかして作り上げようとしたものであり、いかにも「和歌らしい和歌」に仕上がっているものが多く、「和歌ってどんなものだろう」という興味からの入り口としては、中世和歌は、比較的スムーズに理解し、味わうことのできる、恰好《かっこう》の教材であるということも、確かなところである。

勅撰集史から見る為氏と為世（二人の和歌史的位置付け）

ここまでみてきたように、和歌はつまるところ、伝統と革新、見直しと回帰といった繰り返しであるといってよい。実はこれは、和歌に限ったことではない。総じて物事は、それまでの伝統的事象の踏襲に重きを置く旧派と、そこからの脱却を図った新派との対立の繰り返しであった。自然主義に対する浪漫主義しかり、伝統歌舞伎に対する「スーパー歌舞伎」しかり。それでも、やはり旧来の伝統的派閥が見直され、支持される傾向にある。和歌についても同様であった。和歌は「旧派」を中心に、守り伝えられてきたものであり、為氏や為世は、その「旧派」の担い手であった。そのような意味からは、「古臭い」「面白みに欠ける」と評価されても仕方のない部分が確かにあった。

明治期の歌人正岡子規は、『万葉集』を高く評価し、

貫之は下手な歌よみにて『古今集』はくだらぬ集に有之《これあり》候《そうろう》。

（『再び歌よみに与ふる書』）

といったことは有名であるが、古来人々がその一言一句を金科玉条と仰いだ『古今集』を大胆に否定するだけあって、その他の和歌についての評価は惨憺《さんたん》たるものであった。『新古今集』について、

『古今集』以後にては新古今ややすぐれたりと相見え候。古今よりも善き歌を見かけ申《もうし》候《そうろう》。

とする以外は、

「何《なん》代集の彼《か》ン代集のと申しても、皆古今の糟粕の糟粕の糟粕の糟粕ばかりに御座《ご》候《ざそうろう》。」

といった具合である。

歴史を帰納的《きのうてき》に捉え、より優れたものを選択的に評価することのできる我々の立場からすると、中世の和歌は、確かに「真似」「糟粕《そうこう》」と評されても仕方がないと感じる部分はある。しかし、その最中において、当事者達は懸命に生き、歴史を築き上げてきた。その時代その時代において、代々の先人によって受け継がれてきた「歌の道」を踏襲し、保持するに足る価値があったからこそ、そうしてきたはずである。そして、子規が扱《こ》き下ろしともいうべ

き批判を下すまでは、勅撰集を始め、いわゆる「古典」は、一文字一文字丁寧に書写《しょしゃ》されて受け継がれてきたものであるという事実を忘れてはならない。時を越えて受け継がれてきたものが無価値であるはずがない。無意味と判断する側に問題があるとさえ考えてよい。

和歌は宮廷を中心に、洗練され、工夫を凝らし、長い時間をかけて、雅やかに形成され、単なる言語活動を超えて、美意識の礎《いしずえ》ともされてきた。言語感覚や生活環境の異なる者がわずかな学習によって、その雅やかな美的感覚や真価を、そう簡単に理解できるはずがないのかもしれない。為氏・為世は、まさにその雅やかな美的感覚を身につけ、真価を理解し、伝統を踏襲し、次世代への橋渡しを成し遂げた人間であったといってもよい。この二人が果たした業績は和歌史的に、ひいては日本文化史的に重要であり、貴重であることは、否定できようはずがない。

為氏と為世の家系

為氏の父は、御子左家《みこひだりけ》の歌人で『続後撰集』を単独撰し、『続古今集』の撰者の一人となった藤原為家。

為氏以後、為世の代に定家の住んでいた二条邸を伝領してから、この家系は二条家と呼ばれるようになったわけであるが、歌壇の主流を占め続けたのは、やはり御子左家の嫡流《ちゃくりゅう》たるこの二条家であった。

俊成7―定家8・9―為家10・11―為氏12―為世13・15┬為道―為定16・18―為遠20
├為藤16―為明19
└為冬―為重20―為右

（数字は、勅撰集の順番）

俊成の『千載集』以来、『玉葉集』（京極為兼）、『風雅集』（光厳上皇）『新続古今集』（飛鳥井《あすかい》雅世《まさよ》）の三集を除いて、全て御子左家とその嫡流たる二条家の人物が勅撰集の撰者、あるいは複数撰者の場合でも、そのうちの一人となっているのである。為氏は、二条・京極・冷泉三家の分裂後も歌道を継承させる中心的な位置について、磐石《ばんじゃく》な地盤を築き上げた人物であると評してもよい。

為氏の後を受けた為世は、『新後撰集』と『続千載集』の、二つの勅撰集を単独撰している。それまでも定家、為家、為定がそれぞれ二度、勅撰集の撰者となったいるが、単独撰は一度だけ、もう一集は複数の撰者のうちの一人なのであり、単独で二集の撰者となったのは、他にはいない。

しかし、分裂した歌の家の争いに加え、時は皇統《こうとう》が大覚寺統《だいかくじとう》と持明院統《じみょういんとう》に分裂した両統《りょうとう》迭立《てつりつ》の時代。事はさほど簡単ではなかった。まず、京極為兼、飛鳥井雅有、九条隆博と共に伏見天皇による勅撰集撰者を受命するも計画は消滅、これは幻と終わった。しかし、大覚寺統の後宇多天皇に『新後撰集』を単独編集して奏覧《そうらん》、為世は晴れて勅撰集撰者となった。ところが持明院統の花園《はなぞの》天皇の代には、撰者の座を巡って為兼と対立する。『延慶両卿訴陳《えんぎょうりょうきょうそちん》状《じょう》』として両者の論戦の跡が残されているが、結局、為兼が『玉葉集』を撰進、為世は閑居《かんきょ》を余儀なくされる。が、また転機が訪れる。後醍醐天皇の即位で大覚寺統の世となると、再び撰者に命じられ『続千載集』を単独撰することとなったのである。歌の家を継承する為世にとって、何よりの栄誉である。首相がコロコロ変わるおかしな時代と同様、治世者の交代で短期間に幾度も勅撰集編纂が行われた時代、政治的派閥によって翻弄《ほんろう》されながらも、成功を収め得たと言ってよかろう。

ただ、為世は私生活においては、嫡子たる為道を早くに亡くし、歌の跡継ぎ為藤にも先立たれてしまっている。社会的に成功し、長寿をまっとうしたとはいえ、果たして幸福であったかどうかは疑問である。

為氏と為世の和歌

さて、二人の和歌についても簡単に触れておこう。為氏の歌風は「平明温雅」、為世の歌風は「穏健雅正」などと評されているが、勅撰集を念頭においている以上は、保守的であることは否《いな》めず、旧態然とした平凡な和歌であると評されても致し方なかった。悪く言ってしまえば面白みがなく陳腐《ちんぷ》であるということになってしまう。ただそれは、換言すれば、伝統的で雅やかであり、範を超えぬ程度に技巧的なのである。為世の時代には、強力なライバル京極為兼が出て、京極派和歌と呼ばれるような新風を巻き起こしたのだが、技巧に囚《とら》われない、素直な自然描写などが印象的である。これとて悪く言えば、工夫無く、見たまんま、ということになってしまうはずである。むしろ、この新風こそが和歌史観的には異端なのであり、為氏、為世らの歌風のほうが正統的なのであった。このような意味からは、いかにも「和歌らしい和歌」であるといってもよかろう。「和歌らしい和歌」とは、言いかえれば、誰でもが安心してよりかかれる定式な和歌ということに他ならない。後代の歌集に数多くの歌が入集するところからも、取り上げられた諸歌学書の記述などからも、為氏、為世の和歌が優れたものとして評価されていたことがわかるというものである。

終わりに

要するに、為氏、為世親子は、生まれながらにして勅撰集を編むべき立場にあり、見事その責を果たし、一時代を築き上げたのみならず、「次世代への架け橋」としての役割をも務《つと》めた歌人なのであった。歴史に「たら・れば」はあり得ないが、もし為氏、為世の出現がなければ、もし二条派の和歌の伝統が潰《つい》えてしまっていたならば、その後、江戸時代末まで五百年以上も続いたオーソドックスな和歌の伝統はありえず、我が国の文学、ひいては文化さえ大きく変動していたに違いない。

為氏、為世とも、各々が中世和歌史上、最重要人物の一人であったことに間違いないことは、断言してよかろう。

読書案内

為氏・為世ともに、一人で一書を成しているような本は、今のところ、まだ刊行されていない。そこで、その周辺について触れたものを紹介しておきたい。

「和歌文学大系」（明治書院）

このシリーズでは、二十一代集全ての注釈が入る予定で、現在のところ、『続拾遺和歌集』、『続後拾遺和歌集』、『新続古今和歌集』が刊行されており、以下他の十三代集も刊行されることになっている。

『玉葉和歌集全注釈』（笠間書院）岩佐美代子　一九九六

全歌に、通釈がつけられており、理解の手掛かりとなる。

『風雅和歌集全注釈』（笠間書院）岩佐美代子　二〇〇二

やはり全歌に通釈が付けられており、理解しやすい。

○

『京極為兼—忘られぬべき雲の上かは—』（ミネルヴァ書房）　今谷明　二〇〇三

歴史学者による評伝。新しい文学研究の成果は盛り込まれていないが、旧跡などの写真も収められており、歴史と旅が好きな人にはお勧め。

『京極為兼』（吉川弘文館）井上宗雄　二〇〇六

「人物叢書」の中の一冊。為世のライバル為兼の生涯にスポットを当てたものであり、当然、為世も登場する。膨大な資料を駆使し、歌壇史というダイナミックな視点を定着させた著者ならではの、客観的ながら味わいのある叙述。勅撰集撰者を巡る壮絶な論争などは、やはり見所。

『阿仏尼』(吉川弘文館)田渕句美子　二〇〇九

「人物叢書」の中の一冊。阿仏尼の夫・為家が為氏の父にあたる。為氏の、父為家との関係、父の後妻阿仏尼との交流、阿仏尼の子(異母兄弟)為相への相続問題などなど、為氏が中心ではないが、要所要所に為氏が姿を現す。詳細な読解から得られる事実考証に優れた著者だけに、阿仏尼の著述や多くの資料を読み込んでいて、内容的に詳細。それでいながら記述は簡明。阿仏尼をはじめその周辺の人々の姿を生き生きと描き出している。

『夢のなかぞら　父藤原定家と後鳥羽院』(東洋出版)大垣さなえ　二〇〇七

為氏の父・為家を主人公とした小説の体裁をとるが、史実を踏まえながら描かれる為家の心境は、当を得ているようで面白い。為氏は顔を出す程度であるが、異彩の歴史小説として楽しめる。

『本を千年つたえる　冷泉家蔵書の文化史』(朝日選書)藤本孝一　二〇一〇

冷泉家時雨亭文庫の調査に携ってきた著者による、「写本」から読み解く冷泉家の歴史。二条家との関わりも書物の伝来の中で語られる。「本」そのものに興味がある人にも必読の書。

【付録エッセイ】

『新々百人一首』（一九九九年六月　新潮社）

春・藤原為氏

丸谷才一

丸《まる》谷《や》才一《さいいち》（作家）［一九二五―］『たった一人の反乱』『輝く日の宮』。

藤原為氏《ふぢはらのためうぢ》

人とはば見ずとやいはむ玉津島かすむ入江の春のあけぼの

『続後撰和歌集』巻第一春歌上。また、『明題和歌全集』春部上。また、『雲玉和歌抄』春部。また、『歌枕名寄』巻第三十三。

玉津島は紀伊の島で、歌枕。風光の明媚によつて名高い。たとへば『万葉集』、

玉津島よく見ていませ青によし奈良なる人の待ち問はばいかに
玉津島みれどもあかずいかにして包み持ちゆかむ見ぬ人のため

そして『古今集』読人しらず、

わたの原よせくる波のしばしばも見まくのほしき玉津島かも

といふ調子であつた。殊にその入江の美しさが評判だつたやうで、そのへんのことは『古今六帖』、

玉津島入江の小松おいにけり古き都のことや問はまし

玉津島入江のこまつ人ならば幾世か経しと問はましものを

および、

玉津島ふかき入江をこぐ船の浮きたる恋もわれはするかな　大伴黒主

で推測することができる。

玉津島はタマイヅ島で、かつて珠が出たゆゑこの名があるといふ説は、取るに足りない。タマ＝ツ＝シマの、タマは魂と珠、ツは連体助詞でノにほぼ同じ、つまり「命と美の島」だが、さう名づけられたのは古代信仰の対象だからである。この信仰に、さらに和歌浦に近いといふ事情が加はつたため、玉津島明神は住吉明神、天満天神と共に和歌三神として尊崇された。藤原俊成（為氏の曾祖父）が五条の邸に玉津島社を勧請したのも、藤原為家が出家し

たのちの弘長三年（一二六三）、『玉津島歌合』を勧進したのも、最後の勅撰集である『新続古今集』の最後の巻、巻第二十神祇歌が、巻頭二首目に玉津島明神の詠んだ（と言はれる）歌、「とこしへに君もあへやもいさなとり海の浜藻のよるときどきを」を据ゑ、玉津島にちなむ詠六首で終つてゐるのも、このせいである。玉津島は、王朝歌人にとつて、自分の守護神にゆかりの深い歌枕だつた。

為氏の一首にしても、これは建長三年（一二五一）「江上春望」の題詠であつたが単なる叙景歌ではなく、歌道の家の嫡流として玉津島明神の加護を受けたいといふ願ひが底に流れてゐる。その意味でこの和歌には、神祇歌＝呪歌といふ重大な側面があつた。

ところでこの和歌についてはあれこれと逸話が残つてゐて、たとへば『正徹物語』にはかうある。

為氏の「人とはば見ずとやいはむ玉津島」の歌を、父の為家が勅撰集（『続後撰集』）に入れようとして、「見つとやいはむ」と直さうかと相談したとき、為氏は親子の仲だからどちらでもよいと述べたが、為家は、これもなかなかおもしろい風体だと言つて「見ず」のままで採つた。

これで見れば、為家は「見ず」と「見つ」とのあひだで迷つてゐて、為氏の歌才が讃へられてゐる。ところが『井蛙抄』にはかうある。

為氏の「人とはば」の歌は、建長詩歌合のとき、前もつて父の為家に見せたところ、「見つとやいはむ」の横に「見ずとや」と書かれた。為氏はどうも納得がゆかなかつたが、それでも父の意見に従つて「見ずとやいはむ」と直した。

この話では為家が一段上といふことになつてゐる。が、『井蛙抄』の次のくだりにはかうある。

後嵯峨院が為家に言つた。あなたの息子の為氏は「見ずとやいはむ玉津島」と「(乙女子がかざしの桜さきにけり)袖ふる山にかかる白雲」が有名だが、あなたにはかういふ秀逸はあるでせうか。

この話は、これだけを切り離して読めば息子の為氏の株をあげるものだが、前段を考慮に入れればたちまち逆になつて、父親が桁ちがひに偉いことになる。

そしてこの逸話が成立する背景としては、為家が若年のころ、父の定家に叱られるくらゐ下手な歌人で、後年もたとへば、『万葉集』の「玉津島よく見ていませ」を本歌にして、

ふるさとによく見てゆかむ玉津島まちとふ人のありもこそすれ

と詠むくらゐの能しかなかつたといふ事情がある。父親のこんな凡庸さが有名になれば、ま

つたく同じ『万葉集』の歌の本歌どりのとき息子がどんなに才気煥発だつたかといふ説話も、あるいはそれを引つくり返して、実は父親のおかげだつたのだといふ説話も、やすやすと出来あがるわけだ。つまりゴシップ的関心から言へば、どつちが本当の狙ひなのかわからない、綾の多い話を、頓阿は書きつけたことになる。

ここで考へなければならないのは、詩話や歌話ではゴシップは従で、主はやはり文藝批評のほうだといふことである。ゴシップ的性格は、本筋である文学論を呑みこみやすくするための糖衣にすぎない。

そこで一連の歌話の、文藝評論的勘どころは何か。言ふまでもなく、「見ずとやいはむ」がすばらしいといふことである。この第二句の妙味を褒めそやしたいが、残念ながら批評技術の持合せがない。そこで父親や上皇が引合ひに出されたのだらう。

正徹は先程引いた箇所のすぐあとで、

是は玉津島にさし向ひゐて、霞みわたれる明ぼのをば、人のとはば見つといふべきか、見ずといふべきかと也。いづれも同じ様なれども、猶「見つとや」は実なる躰也。

と述べてゐる。「いづれも同じ様なれども」とは、「見つとやいはむ」ならば、見たと言はうかしら、しかしさう言つたとてこの美しさを充分に伝へる自信はない、の意で、「見ずとやいはむ」の、見なかつたと言はうか、この美しさをうまく説明することはとてもできないから、と結局は同じだといふわけである。が、つまり同じことでも、実ではなく虚の表現のほうがまさる。「見ずとやいはむ」と打消すほうが和歌の風体としてうるはしい。正徹はさう主張するのだが、この判断は幽玄といふ中世の美学によつて支へられてゐる。

幽玄とは、正徹によれば「飄白としてなにともいはれぬところのある」、つまり霞がぼんやりかかつたやうな趣、「月に薄雲のおほひたるや、山の紅葉に秋の霧のかかれる風情」のことであつた。すなはちヴェールや紗幕に似た美的効果の謂《いひ》で、「それを心得ぬ人は、月はきらきらと晴れて普《あまね》き空に有るこそ面白けれといはん道理也」といふことになる。

かういふ洗練された美的趣味を、

見わたせば花も紅葉もなかりけり浦の苫家の秋の夕ぐれ　　藤原定家

ほど高度な達成としてではなく、もつと簡単で明快な形に仕立てたものが為氏のこの詠である。第一に、見た玉津島を見なかつたと嘘をつくことで濃い目にヴェールをかけ、第二に、「とやいはむ」の疑問形でほのかにヴェールをかけ、そして第三に、霞で本物のヴェールをかけた。これなら素人にもよくわかる詠歌の手本となるだらうし、それなりの様式美が備はつてゐる。そのへんの事情をおもしろく説明しようといふ工夫こそ、これらの歌話にほかならない。

日比野浩信（ひびの・ひろのぶ）

＊1966年愛知県生。

＊愛知淑徳大学大学院単位取得。博士（文学）。

＊現在　愛知淑徳大学、愛知大学など非常勤講師。

＊主要編著書

『久迩宮家旧蔵 俊頼無名抄の研究』（未刊国文資料刊行会）

『陽明文庫本袋草紙と研究』（共著・同）

『志香須賀文庫蔵 顕秘抄』（和泉書院）

『校本和歌一字抄　付索引・資料』（共著・風間書房）

『古筆切影印解説　Ⅳ十三代集編』（同）

『五代集歌枕』（共編・みずほ出版）ほか

二条《にじょう》為氏《ためうじ》と為世《ためよ》　　コレクション日本歌人選　029

2012年3月30日　初版第1刷発行

著　者　日比野　浩信

監　修　和歌文学会

装　幀　芦澤　泰偉

発行者　池田　つや子

発行所　有限会社　笠間書院

東京都千代田区猿楽町2-2-3［〒101-0064］

電話　03-3295-1331　FAX　03-3294-0996

NDC分類 911.08

ISBN978-4-305-70629-4

印刷／製本：シナノ

乱丁・落丁本はお取り替えいたします。　（本文用紙：中性紙使用）

出版目録は上記住所または info@kasamashoin.co.jp まで。

コレクション日本歌人選　第Ⅰ期～第Ⅲ期

第Ⅰ期　20冊　2011年（平23）2月配本開始

№	歌人	よみ	著者
1	柿本人麻呂	かきのもとのひとまろ	高松寿夫
2	山上憶良＊	やまのうえのおくら	辰巳正明
3	小野小町＊	おののこまち	大塚英子
4	在原業平＊	ありわらのなりひら	中野方子
5	紀貫之＊	きのつらゆき	田中登
6	和泉式部＊	いずみしきぶ	高木和子
7	清少納言＊	せいしょうなごん	圷美奈子
8	源氏物語の和歌	げんじものがたりのわか	高野晴代
9	式子内親王＊	しょくしないしんのう（しきしないしんのう）	武田早苗
10	藤原定家＊	ふじわらていか（さだいえ）	平井啓子
11	相模	さがみ	村尾誠一
12	伏見院＊	ふしみいん	阿尾あすか
13	兼好法師＊	けんこうほうし	丸山陽子
14	戦国武将の歌＊		綿抜豊昭
15	良寛	りょうかん	佐々木隆
16	香川景樹	かがわかげき	岡本聡
17	北原白秋＊	きたはらはくしゅう	國生雅子
18	斎藤茂吉＊	さいとうもきち	小倉真理子
19	塚本邦雄＊	つかもとくにお	島内景二
20	辞世の歌＊		松村雄二

第Ⅱ期　20冊　2011年（平23）10月配本開始

№	歌人	よみ	著者
21	額田王と初期万葉歌人	ぬかたのおおきみとしょきまんようかじん	梶川信行
22	東歌・防人歌＊	あずまうた・さきもりうた	近藤信義
23	伊勢	いせ	中島輝賢
24	忠岑と躬恒＊	みぶのただみねとおおしこうちのみつね	青木太朗
25	今様	いまよう	植木朝子
26	飛鳥井雅経と藤原秀能	あすかいまさつねとふじわらひでよし	稲葉美樹
27	藤原良経＊	ふじわらよしつね（りえもつね）	小山順子
28	後鳥羽院＊	ごとばいん	吉野朋美
29	二条為氏と為世＊	にじょうためうじとためよ	日比野浩信
30	永福門院＊	えいふくもんいん（ようふくもんいん）	小林守
31	頓阿	とんな（とんあ）	小林大輔
32	松永貞徳と烏丸光広	まつながていとくとからすまみつひろ	高梨素子
33	細川幽斎＊	ほそかわゆうさい	加藤弓枝
34	芭蕉	ばしょう	伊藤善隆
35	石川啄木＊	いしかわたくぼく	河野有時
36	正岡子規＊	まさおかしき	矢羽勝幸
37	漱石の俳句・漢詩＊		神山睦美
38	若山牧水＊	わかやまぼくすい	見尾久美恵
39	与謝野晶子＊	よさのあきこ	入江春行
40	寺山修司＊	てらやましゅうじ	葉名尻竜一

第Ⅲ期　20冊　2012年（平24）6月配本開始

№	歌人	よみ	著者
41	大伴旅人	おおとものたびと	中嶋真也
42	大伴家持＊	おおとものやかもち	池田三枝子
43	菅原道真	すがわらみちざね	佐藤信一
44	紫式部	むらさきしきぶ	植田恭代
45	能因	のういん	高重久美
46	源俊頼	みなもととしより	高野瀬恵子
47	源平の武将歌人		上宇都ゆりほ
48	西行	さいぎょう	橋本美香
49	鴨長明と寂蓮	ちょうめいとじゃくれん	小林一彦
50	俊成卿女と宮内卿	しゅんぜいきょうじょとくないきょう	近藤香
51	源実朝	みなもとさねとも	三木麻子
52	藤原為家	ふじわらためいえ	佐藤恒雄
53	京極為兼	きょうごくためかね	石澤一志
54	正徹と心敬	しょうてつとしんけい	伊藤伸江
55	三条西実隆	さんじょうにしさねたか	豊田恵子
56	おもろさうし		島村幸一
57	木下長嘯子	きのしたちょうしょうし	大内瑞恵
58	本居宣長	もとおりのりなが	山下久夫
59	僧侶の歌	そうりょのうた	小池一行
60	アイヌ叙事詩ユーカラ		篠原昌彦

＊印は既刊。

『コレクション日本歌人選』編集委員（和歌文学会）
松村雄二（代表）・田中　登・稲田利徳・小池一行・長崎　健